IBISCO

Copyright 2020 by Le Commari Edizioni srls
Sede Legale: Via Giulia 16 - 00186 Roma
www.lecommariedizioni.it
info@lecommariedizioni.it

Illustrazioni Emanuela Pecchia
Grafica Maurizio De Vincentiis
Impaginazione Marco Flore

I edizione Giugno 2017

Nuova edizione Luglio 2020, Le Commari Edizioni
ISBN: 978-88-945221-1-2

C.C. Omell

L'enigma dell'ermellino

LE COMARI

a mio figlio

Capitolo 1
Non aprite quella porta

Come ogni domenica, malgrado fossero passate le due del pomeriggio, Andrea era chiuso in camera sua, ancora sotto il piumone, concentrato a battere il record di Clash Royale e a chattare al telefono con il suo amico Valerio.

Aveva già organizzato un programma per la giornata: si sarebbe concesso almeno un'altra ora di relax, per smaltire la sensazione di torpore e appesantimento donata dal pranzo, poi si sarebbe piazzato davanti al televisore per seguire le partite, i commenti dopo la gara e le interviste ai calciatori. Nulla avrebbe turbato la sacralità del momento. Sapeva di dover studiare e pensò che all'ultimo, magari tra il primo e il secondo tempo della partita, avrebbe svolto i compiti per il giorno dopo, un'occhiata veloce qua e là, e in poco tempo si sarebbe tolto dai piedi anche quella pratica.

Entrò sua madre. Portava in braccio un'altissima pila di magliette piegate e teneva bloccato fra la spalla e l'orecchio il cellulare. Gli ricordava la versione domestica della dea Kālī. Stava parlando con sua sorella, la zia di Andrea.

«Per noi va benissimo, vediamoci lì... ma sì, dai, che ai ragazzi piacerà... perfetto» e scoppiò a ridere. «A dopo. Ciao.»

Andrea cercò di incrociare lo sguardo della madre, ma la donna era già di spalle, diretta all'armadio. Cosa l'aveva fatta ridere? La vide piegarsi per raggiungere il cassetto più basso del mobile e infilare con un gesto veloce e preciso tutte le magliette al loro posto.

«Pulce, era zia Carla...» riferì la madre con una vocina tenera e troppo conciliante.

Un brivido corse lungo la schiena di Andrea: sapeva che quando la madre lo chiamava così e usava quel tono sdolcinato era per costringerlo a fare qualcosa che non voleva.

«Tra poco ci vediamo alla Galleria Nazionale, andiamo a vedere quella bellissima mostra sull'arte decorativa greca...» annunciò voltandosi di scatto e mostrando un sorriso ipocrita.

«No ma', io non ci vengo!» la interruppe.

Andrea notò lo sguardo sorpreso della madre, era lo stesso che solitamente precedeva l'occhiata fredda e assassina dei rimproveri.

«Non posso. Tra poco iniziano le partite, non se ne parla proprio» protestò il ragazzo e ritornò a fissare il suo tablet.

«La mia non era una domanda, punto primo. Punto secondo: alzati da questo letto e inizia a prepararti» si infuriò lei.

Uscì dalla camera con le mani occupate da un numero ancora maggiore di vestiti, raccolti al volo qua e là attraversando il regno del disordine del figlio.

Sbuffando, Andrea iniziò subito a pensare a un modo per sottrarsi a quel terribile destino.

"Potrei inventarmi un'interrogazione di storia per lunedì..." pensava. "Anzi, meglio ancora una verifica di matematica." Ma l'idea che la madre lo costringesse a passare l'intero pomeriggio sui libri lo dirottò verso scenari catastrofici. "Meglio una febbre improvvisa..." valutò. Iniziò immediatamente a stendere un copione credibile e a esercitarsi su come fingere il malore.

Appena sentì la madre avvicinarsi di nuovo alla stanza, il ragazzo partì con il teatrino.

«Babba, bi sento balissimo... ecciù, bi fanno bale le ossa, la gola, la bancia, botrei essere quasi in bunto di borte.»

La mamma era lì in piedi che lo osservava imperturbabile, glaciale. Non sembrava essersi mossa a pietà. Non che Andrea avesse avuto molte speranze in merito, ma valeva la pena tentare.

«Andrea, alzati! Tra venti minuti dobbiamo uscire» gli ordinò con voce severa e richiuse la porta energicamente.

Il ragazzo scattò in piedi: la madre aveva detto venti minuti, ma lui sapeva bene di avere esattamente due minuti e quarantacinque secondi per vestirsi e preparare uno zaino per la sopravvivenza, prima che la donna rientrasse nuovamente in camera accusandolo di perdere tempo.

Ricordava con chiarezza quella volta in cui, senza alcun preavviso, la madre e la zia lo avevano trascinato in un centro commerciale. Lui, ancora giovane, inesperto e ignaro di quanto sarebbe accaduto, le aveva seguite fiducioso, provvisto solo di una macchinina lego. Andò a finire che rimasero lì un'intera giornata, che per la noia ad Andrea era sembrata una settimana.

Una cosa del genere non sarebbe più successa.

Attivò il cronometro della sua sveglia a razzo. Prese le prime cose che trovò sulla sedia, le indossò con la velocità di un trasformista e, mimando i gesti preparatori e conclusivi di un triplo salto mortale, raggiunse l'armadio. Rovistò fra i vestiti alla ricerca del suo sacco a pelo rosso, lo afferrò con una mano e lo tirò energicamente, facendo venire giù la scatola del cambio di stagione. Richiuse in tempo l'anta, prevenendone la rovinosa caduta in mezzo alla camera. Saltò sulla sedia girevole e, dandosi una spinta con i piedi contro il muro, arrivò alla libreria. Trovò una torcia e una borraccia e, bloccando per tempo la sedia che ancora roteava, si fermò di fronte al comò. Aprì un cassetto e prese un kit per la pesca, forbici e fiammiferi impermeabili. Si voltò. Sette secondi all'ingresso della madre... Sentiva i suoi passi avvicinarsi alla porta. Doveva a tutti i costi occultare i propri strumenti di sopravvivenza prima del suo arrivo. Tentò l'impossibile: lo zaino era a terra aperto di fronte a lui, non poteva sbagliare. Rivolse lo sguardo alle statuette di tutti i supereroi che teneva schierati sulla mensola. «Loro credono in te» si disse. Si concentrò, strinse tutti gli oggetti fra le mani, come fossero una palla, e li lanciò.

Il ragazzo seguì la traiettoria del suo tiro, ma con la coda dell'occhio vide la maniglia della porta piegarsi, mentre gli oggetti lanciati erano ancora sospesi in volo e compatti. La madre spalancò la porta e provocò un'onda d'urto tale da farli cadere tutti, sparpagliandoli. La sveglia a razzo scandì la fine del tempo, attivando l'allarme di evacuazione.

«Che cosa stai facendo?» ruggì la madre.

«Niente…»

«Guarda che disastro questa camera! Muoviti, andiamo. E al tuo ritorno rimetterai tutto in ordine» lo minacciò, alzando la voce per pronunciare con la dovuta gravità la parola "tutto".

Andrea, scoraggiato, mandò un bacio ai suoi fan di plastica sulla mensola e poi allungò appena il braccio nel tentativo di prendere lo zaino, ma la madre lo gelò con un'occhiataccia.

«Staremo via poche ore, ti darà solo impiccio» disse con piglio minatorio, costringendo il figlio a uscire dalla stanza con la sola forza dello sguardo.

«Perché non ti sei messo il maglione che ti ha regalato zia Carla a Natale?» gli chiese quasi infastidita.

«Mi fa schifo quel maglione» replicò Andrea.

«Sempre la stessa felpa. Sempre questi jeans...»

Andrea la guardò spazientito.

«Andiamo» le disse «prima che cambi idea.»

Fortunatamente, la Galleria Nazionale distava poco, solo una ventina di minuti a piedi da casa, perché la madre trascorse tutto il tempo a parlare di quanto si sarebbero divertiti, dato che sarebbe venuta anche la sua cuginetta, la quale aveva sempre mostrato una spiccata sensibilità artistica, e di quanto fosse importante che anche lui si appassionasse all'arte.

"Ma se a scuola la studiamo solo due ore a settimana, quanto importante potrà mai essere quest'arte?" rifletteva Andrea tra sé, mentre si trascinava verso il museo.

Zia Carla e sua cugina Gaia erano già arrivate e aspettavano sedute sulle scale della Galleria, girando le teste da una parte all'altra, come a un incontro di tennis, per spiare chi arrivava da destra e chi passava a sinistra.

Sua cugina indossava una sorta di divisa scolastica. Poverina: probabilmente anche la domenica era costretta a frequentare qualche corso speciale o qualche lezione di una stupida associazione culturale. Era la prima della classe, sempre un passo avanti a tutti, e per avere otto anni, sapeva molte più cose dei suoi coetanei, perfino di Andrea stesso.

«Ehilà! Carla, eccoci!» gridò sbracciandosi la madre di Andrea; non fosse stato per il tono entusiasta e la mancanza di acqua, poteva benissimo sembrare il gesto disperato di una donna in procinto di affogare che invoca l'aiuto della Guardia Costiera.

La mostra aveva richiamato molte persone e la fila per entrare sembrava abbastanza lunga, ma ordinata. Pareva quasi l'entrata di un concerto. Andrea pensò che sarebbe stato figo farsi un selfie di fronte alla facciata del museo, inquadrando la coda infinita di persone che occupava il centro della scalinata. Così fece e, soddisfatto del risultato, volle inviare lo scatto sul gruppo di WhatsApp di classe. Poi con tutta calma si avvicinò al parentado.

«Ciao zia. Ciao Trec» le salutò, scompigliando con la mano dispettosa i ricci biondi della cugina.

La bambina arricciò il naso e guardò di sottecchi il cugino. Trec... Non le suonava troppo femminile quel soprannome ma, in fin dei conti, non le dispiaceva del tutto: era il diminutivo di Treccani e rendeva merito ai suoi studi, con un tocco di alieno e di fantascientifico.

«Ciao, bello di zia. Come stai?»

«Mi avete incastrato, oggi...» mugugnò Andrea, rivolgendo uno sguardo minaccioso alla madre.

La zia si mise a ridere e a prenderlo in giro, la madre decise di ignorare le recriminazioni del figlio, affrettandosi a mettersi in coda. Nell'attesa, lungo la fila, Gaia cominciò a lamentarsi del peso del suo zainetto.

«Certo!» strillò spazientita la zia. «C'era bisogno di portarsi dietro tutte queste cose?»

Andrea sospirò e prese rassegnato lo zaino di Gaia sulle sue spalle. Pesava un bel po' per contenere solamente dei giocattoli. Era certo pieno di libri sull'arte decorativa greca...

«Gaia, ohi! Che diamine hai messo in questo zainetto, del piombo?» bisbigliò alla cugina.

Gaia scosse la testa preoccupata.

«Non posso dirti cosa c'è dentro, perché faresti la spia» rispose, abbassando gli occhi e sporgendo il labbro inferiore.

«Io, la spia? Ma per chi mi hai preso? Che roba è? Non farò la spia, te lo prometto. Cosa c'è qui dentro?»

«Rocky» gli confidò la bambina, mettendo una mano davanti alla bocca. «Sta dormendo ora... Ah! Non ti preoccupare, ho fatto dei buchi nello zaino per farlo respirare» precisò soddisfatta.

«Sei impazzita? I cani non possono entrare! Come facciamo? Dobbiamo dirlo alla zia.»

«No, ti prego, ti prego, ti prego. Mi metterà in punizione» si lagnò la bambina.

I suoi occhi erano sempre più grossi e tristi e si stavano già riempendo di lacrime. Ormai, dopo pochi ma intensi anni di esperienza diretta, aveva capito come convincere il cugino e ottenere qualcosa da lui.

«Va bene, va bene, va bene» ripeté velocemente Andrea, agitando entrambe le mani.

«Avevi promesso che non avresti fatto la spia...»

«Infatti. Sarà il nostro piccolo segreto» la rassicurò con un sorriso un po' preoccupato.

"Bel casino" pensò il ragazzo subito dopo. "Finché dorme sarà il nostro piccolo segreto, ma quando si sveglia come facciamo a tenerlo nascosto?"

All'entrata c'era una graziosa signorina vestita di nero che indirizzava i visitatori verso la biglietteria indicando una scrivania protetta da un vetro sulla destra. Varcato l'ingresso, si trovarono in un ampio salone illuminato da due grandi finestre che affacciavano su un cortile esterno pieno di alberi. Il piano superiore era collegato a quello inferiore da due maestosi scaloni agli angoli del palazzo.

«Il nostro gruppo parte tra dieci minuti» annunciò eccitata la madre di Andrea sventolando i biglietti che teneva in mano.

Si diressero verso il punto indicato da una freccia, dove uno storico dell'arte panciuto e sorridente era pronto ad accompagnarli.

Mentre tutti percorrevano la grande scala di marmo, prestando particolare attenzione alle parole della guida e ai soffitti luminosi di cui stava parlando, Andrea teneva la testa piegata sullo smartphone per tentare di collegarsi alla linea wifi: doveva assolutamente vedere l'inizio della partita o almeno accedere a qualche pagina con i risultati in tempo reale.

«Ora sì che iniziamo a ragionare» si rallegrò il ragazzino, una volta captato il segnale.

Alzò lo sguardo. Era rimasto solo in mezzo alle scale, poi si accorse che, attaccata alla cinghia dello zaino c'era anche la cugina. Mentre il gruppo era andato avanti, né la madre né la zia si erano accorte della loro assenza.

«Sono andati di là» disse Gaia indicando con il mento un'ala del palazzo. «Dobbiamo raggiungerli o ci perderemo, il museo è molto grande.»

«Colpa loro. Dovevano tenerci d'occhio... Tanto meglio per noi» considerò il ragazzo cercando con lo sguardo un divanetto dove sdraiarsi per godersi in santa pace la partita.

In cima alla scalinata trovarono un lungo corridoio che, alla fine, proseguiva in altre due corsie orientate in direzioni opposte. La zona in fondo, però, era delimitata da pannelli che indicavano un'area in allestimento.

Un lontano grido di aiuto, che proveniva proprio da quella parte, incuriosì il ragazzino.

«Lo senti anche tu?» chiese Andrea alla cugina.

«Sì, viene da lì» confermò Gaia, ma solo per assecondarlo. Rarissimo caso. Gaia tendeva sempre a contraddire il cugino: se lui pensava rosso, era chiaro che fosse verde e quando tra i due sorgeva un contrasto, alla fine, era sempre lei a spuntarla.

Quella conferma non convinse Andrea. Non era sicuro di ciò che aveva sentito e voleva capire. Spostò un pannello e iniziò a percorre l'androne quasi correndo: magari qualcuno era rimasto intrappolato da qualche parte.

Gaia gli stava dietro a fatica.

«Forse dovremmo tornare indietro» si lamentò.

Temeva di essere scoperta dagli addetti alla sicurezza. Una stupidaggine commessa in un museo avrebbe potuto rovinarle per sempre la reputazione e segnare una macchia sulla sua futura carriera. In più non le piaceva che Andrea corresse sballottolando il povero Rocky nello zaino.

Svoltarono un paio di volte a destra e altrettante a sinistra e si fermarono di fronte a una porta nera con il maniglione antipanico. Sembrava che il lamento provenisse proprio da lì. Sulla porta c'era un cartello con la scritta "Divieto d'accesso".

Ma Andrea la aprì.

Capitolo 2
Una donna misteriosa

La stanza che li accolse era appena illuminata dalla luce filtrata attraverso una tenda di velluto pesante, dietro cui era possibile intuire la presenza di un unico grande finestrone. I loro occhi, abituandosi a poco a poco alla penombra, scorsero circa una ventina di casse, alcune grandi, altre grandissime, disposte ordinatamente sulla parete dell'entrata. L'attenzione dei ragazzini fu poi catturata dai movimenti sconnessi di un'ombra che si faceva spazio in mezzo ad un gruppo di cornici, accatastate alla loro sinistra. Singhiozzava e fremeva, impegnata nella ricerca di qualche oggetto, evidentemente ben nascosto. L'indagine la coinvolgeva a tal punto che non si era ancora accorta della loro presenza.

«Andiamo via!» piagnucolò Gaia.

«Fai silenzio!» la rimproverò Andrea facendole segno di accovacciarsi dietro a una cassa.

«Hai letto il cartello fuori? Se ci scoprono ci arrestano» insinuò la bimba arrabbiata. «E se quello fosse un custode?»

«E tu spera che non ci scoprano, perché, oltre a esserti intrufolata qui con me, hai anche introdotto un cane in un museo... c'è l'aggravante» replicò lui continuando a spiare la scena.

Gaia aprì la bocca come per dire qualcosa, ma poi decise che era meglio tacere.

Andrea si sporse leggermente e osservò meglio la sagoma. Era una giovane donna. Portava un vestito lungo, all'apparenza rosso scuro, con un'ampia scollatura quadrata: le maniche erano di due colori diversi, adornate da nastrini neri e da due fasce ricamate in oro filato. L'unico gioiello che indossava era una lunga collana di perle nere.

«Ma come si è conciata?»

«Chi?» domandò la cuginetta che, nascosta dietro la cassa non riusciva a vedere molto.

«È una donna, vestita in maniera alquanto curiosa, direi… ha una specie di fascetta intorno alla fronte. Mi sa che sta cercando qualcosa. Credo che fosse la sua voce quella che abbiamo sentito dal corridoio» sussurrò il ragazzo per renderla partecipe.

«Forse è una figlia dei fiori, ho letto che ci sono delle persone che si rifanno alla moda degli anni Sessanta, quando... » ipotizzò la piccola.

Andrea le mise una mano davanti alla bocca.

«Fai silenzio, Gaia!»

«Chi c'è?» domandò la sagoma voltandosi di scatto in direzione delle casse.

Il cuore dei ragazzini batteva a mille. Erano stati scoperti, ma rimasero lì accovacciati, immobili, senza fiatare.

«Ho smarrito il mio ermellino! Qualcuno ha veduto il mio ermellino?» disse la donna e ricominciò a disperarsi.

Andrea fece un bel respiro, guardò negli occhi la cuginetta per farsi coraggio e sbucò da dietro la cassa.

«Non ho visto il tuo er-ermellino» esordì con un sorriso.

La signora era appoggiata a una pesante cornice dorata e si sventolava come se stesse per avere un malore. Forse era il caso di aiutarla. Andrea fece un mezzo passo in avanti, poi si voltò econ un gesto della mano chiese a Gaia di raggiungerlo. Non appena vide comparire la bambina, la donna le domandò: «E tu, per avventura, hai veduto il mio ermellino?»

Gaia fece di no con la testa e si avvicinò al cugino.

«Signora, purtroppo non abbiamo visto nessun ermellino. Ma ci racconti cosa è successo, magari possiamo aiutarla...» disse Andrea gentilmente, facendo un altro passo in avanti.

«Il mio nome è Cecilia Gallerani, forse avrai già sentito parlare di me» dichiarò la donna alzando il mento e sorridendo appena, con vezzoso compiacimento.

«Veramente, signora, temo di non conoscerla, anzi, sono quasi sicuro di non aver mai sentito parlare di lei» dichiarò Andrea disarmato.

«Possibile? Ma sono la Dama con l'ermellino!»

I due cugini la fissarono cercando di farsi venire in mente qualcosa, nel tentativo, come avrebbe detto il professore di Andrea, di rintracciare il file giusto nelle loro menti. Ma, per quanto s'impegnasse, il ragazzo proprio non riusciva a venirne a capo: non aveva la minima idea di chi fosse quella donna, né di come fosse veramente fatto un ermellino. A casa aveva diversi libri sugli animali e gli era capitato di vedere dei documentari in televisione, eppure, se chiudeva gli occhi, non riusciva, nell'immediato, a evocare in mente un ermellino. Iniziò a riflettere: sapeva che era bianco, ma perché? D'un tratto si illuminò: sua nonna aveva una stampa in corridoio con una tipa con un ermellino.

«Non può essere» rifletté ad alta voce, scuotendo la testa e scacciando l'aria con la mano.

La signora, un po' delusa dal fatto di non essere stata riconosciuta, decise allora di proseguire nel suo racconto. Gaia, che adorava le storie, si mise seduta a terra a gambe incrociate, pronta ad ascoltarla.

«Fui dipinta dal grande maestro Leonardo da Vinci fra il 1488 e il 1490 e sono esposta al castello di Wawel a Cracovia. Sono stata condotta qui in occasione della grande mostra che si terrà tra un mese. Ed ecco che al mio risveglio, stamane, mi sono accorta che il mio ermellino era sparito. Mi sono assai dilungata nella ricerca, ma del mio diletto non vi è traccia, ed è perciò che mi struggo.»

«Cioè, chiariscimi bene il concetto, cosa saresti esattamente? Un disegno?» la interruppe il ragazzo.

«Sono un ritratto, semmai» puntualizzò la dama.

«Sì, come no! Un ritratto... Hai sentito, Gaia? Questa ci prende per scemi... E sentiamo, come avresti fatto a uscire dal quadro?» chiese Andrea in tono di sfida.

Gaia sgranò gli occhi: suo cugino si era dimostrato un po' irriverente nei confronti della giovane signora, ma la sua obiezione sembrava sensata ed era curiosa di ascoltare come avrebbe risposto la sedicente nobildonna. La dama non si scompose. Si sedette su una cassa, quella che le era parsa più pulita, e spiegò: «Sono stata costretta ad uscire dalla mia cornice. Non posso di certo presentarmi al pubblico in questo stato, senza il mio ermellino… io sono la Dama con l'ermellino.» Scandì bene le ultime parole.

«Oh sì, certo, lo capisco benissimo, signora. O devo chiamarla dama?» rispose Andrea, assecondandola divertito.

«Signora è un titolo appropriato ai miei nobili natali, ma chiamatemi pure dama Cecilia, per favore. E qual è il vostro nome?» domandò la donna con cortesia, inclinando leggermente il capo.

«Io sono Andrea e lei è mia cugina Gaia» rispose il ragazzino, dandosi un tono.

«Serva vostra. E, ditemi, a quale casata appartenete?»

«A nessuna, penso...» confessò Gaia, grattandosi la testa. Poi si rivolse al cugino bisbigliando: «Ma forse intende i nostri cognomi?»

Andrea allargò le braccia.

«Purtroppo non tutti discendono da famiglie di sangue blu» commentò la dama; poi, sospirando avvilita, tornò a concentrarsi sulle proprie angosce. «Vi dicevo che stamane, non trovando il mio adorato animaletto, sono stata costretta a evadere dalla mia bella cornice attraverso la finestra che è apparsa sullo sfondo. E che incomodo...»

Mentre la misteriosa donna cercava di spiegare loro il modo in cui era uscita dal quadro, Andrea aveva ricercato su google "Dama con ermellino": erano comparsi più di quarantottomila risultati. "Caspita, famosa la tipa" pensò. Osservando bene l'immagine trovata su Wikipedia, si rese conto della straordinaria somiglianza fra la donna del dipinto e la pazza che aveva di fronte. Ma ciò, naturalmente, non bastò a convincerlo.

Espresse le sue obiezioni con aria saccente.

«Lo sfondo del quadro è nero, non c'è nessuna finestra, quindi lei ci sta mentendo» affermò tutto soddisfatto.

La donna sorrise, quasi divertita, poi tornò seria e guardò il ragazzo.

«Metti in dubbio la mia parola? Io sono una nobildonna.»

«E allora?»

Li interruppe Gaia, che non voleva che il cugino litigasse.

«Dai qua» disse la piccola sfilando lo smartphone dalle mani di Andrea.

Strisciò un dito sullo schermo, poi digitò qualcosa.

«Ecco. Leggi prima di fare altre figuracce» lo ammonì.

C'era scritto che, da un'analisi ai raggi X, era emerso che dietro la spalla sinistra della donna, originariamente, doveva esserci stata una finestra.

«Be', questo comunque non dimostra che lei sia chi dice di essere» protestò Andrea.

«Sì, ma a noi non costa niente aiutarla a cercare il suo ermellino» rispose la cugina.

Il ragazzo sbuffò innervosito, poi si diresse trascinando i piedi verso le cornici. Iniziò a spostarne alcune, quelle più grandi, poi altre. Non c'era traccia alcuna dell'ermellino che la donna diceva di aver smarrito.

Improvvisamente lo zaino di Gaia cominciò a muoversi, destando l'attenzione della dama.

«Cosa c'è lì dentro?» domandò Cecilia, in tono insinuante e con lo sguardo sospettoso.

Gaia aprì la cerniera dello zaino e la testa di Rocky fece capolino. Saltò fuori uno splendido cucciolo di jack russel scodinzolante e festoso.

«Perdonate il mio atteggiamento, davvero indiscreto, ma per un attimo ho creduto che in quella sacca ci fosse il mio ermellino» si giustificò la dama.

«L'avevo intuito» rispose Gaia un po' infastidita, ma fiera di aver dimostrato di non essere una ladra di ermellini.

La donna si sollevò lentamente e si avvicinò per accarezzare il cane in segno di pace. Andrea, che nel frattempo aveva perlustrato ogni centimetro quadrato della stanza, si rivolse a Cecilia.

«Signora... volevo dire, dama Cecilia, qui purtroppo non c'è nulla: ho guardato ovunque.»

«Dovrò cercare altrove, allora. Chiederò nel giro...» disse lei.

«Vuol dire che uscirà da questa camera e andrà in giro per il museo vestita così, a chiedere ai visitatori se hanno visto il suo ermellino?» chiese incredulo il ragazzo.

La dama trattenne a stento una risata, che cercò di nascondere per educazione abbassando la testa. Ma si ricompose immediatamente.

«Non in quel senso. Andrò a cercare notizie nel mio mondo, rivolgendomi ad altri quadri!»

«Be', allora sì che ha senso...» replicò Andrea, prendendosi gioco di lei. «In questo caso, cara signora, noi la salutiamo. È stato un vero piacere fare la sua conoscenza.»

«Anche per me è stato un lieto incontro, cari ragazzi» disse lei, senza cogliere il sarcasmo della frase di Andrea.

Dopo un lieve inchino, Cecilia Gallerani si avvicinò al muro delle cornici con passi lenti e graziosi. Si piegò su una cornice vuota, mandò un bacio con la mano e scomparve all'interno dell' intelaiatura. I ragazzi rimasero a bocca aperta. Gaia si stropicciò gli occhi, Andrea scosse la testa confuso, quindi si avvicinò al quadro per capire cosa diamine fosse successo e provare a svelare quel grandioso numero di illusionismo. Anche a Rocky parve molto strano non vedere più quella donna; così, dopo aver abbaiato, abbassò la testolina e iniziò a correre verso la cornice, ci saltò dentro e sparì.

Allarmata dalla fuga di Rocky, Gaia si alzò di scatto per fermarlo, ma non riuscì ad afferrare per un soffio la zampina posteriore del cane. Dov'era finito? Indugiò, ma solo per un secondo: era pronta, zainetto in spalla, a salvare il suo cucciolo. Si lanciò come una guerriera all'interno della cornice e, nel farlo, sentì la mano di Andrea prendere la sua. Precipitarono per almeno venti metri giù per quello che sembrava un cratere, urlando e rivoltandosi su se stessi; nella discesa la velocità, anziché aumentare, sembrava mano a mano diminuire. Si fermarono, ma ebbero giusto il tempo di guardarsi negli occhi. Qualcosa li stava risucchiando dal basso. Continuarono a cadere e atterrarono poi dolcemente su un pavimento di marmo. Si trovarono in una stanza mai vista prima dove c'era Rocky, c'era la donna pazza e, cavolo!, c'era anche un uomo morto in una vasca da bagno…

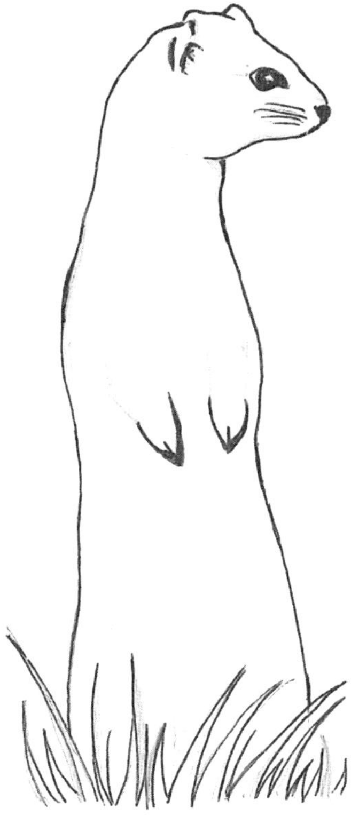

Capitolo 3
La lettera scomparsa

«È morto! Quel tizio è morto!» urlò Gaia scioccata.

«Ma siete forse usciti di senno? Perché mai mi avete seguita? Ditemi, come vi è venuto in mente? Voi non dovreste stare qui, non vi è consentito: voi non esistete neppure» esclamò la dama senza ermellino in preda all'agitazione.

«Semmai» fece Andrea alzandosi «è lei che non esiste, signora. E questa è tutta un'allucinazione. Credo di aver preso una brutta botta in testa e mi aspetto che tutto questo finisca da un momento all'altro... è solo una specie di sogno.»

«Non siete in un sogno» lo corresse Cecilia.

Andrea si guardò intorno. Non c'erano né porte e né finestre. Erano chiusi in uno spazio angusto, senza apparenti vie di uscita, insieme a una matta che si credeva una modella di Leonardo da Vinci e un signore morto, immerso in una vasca verde.

«Come siamo arrivati qui?» chiese un po' inquieto.

«Non angustiarti, tanto non potresti capire. E poi hai già dimostrato una diffidenza insolente nei miei confronti. Seppure volessi spiegarti cosa vi è successo, sono sicura che tu non mi crederesti» lo sfidò la dama.

«Senta, noi vogliamo solo tornare dov'eravamo fino a un minuto fa...» rispose Andrea, facendosi più lamentoso.

«Nella realtà?» lo interruppe la dama con una graziosa giravolta che fece baluginare i lembi della sua veste.

«Volete solo tornare nella realtà.»

«Non sembrerebbe una cosa difficile; insomma, lei prima era lì con noi dall'altra parte...» borbottò lui confuso.

Cecilia si coprì la bocca con la mano destra per nascondere un sorriso nervoso che reputava indiscreto, abbassò leggermente la testa e sospirò.

«Vedi, ragazzo, io non sono fatta di carne e ossa come te: sono un olio su tela, originale. Sono in ben differente condizione e purtroppo non posso muovermi in tuo soccorso. Mi stai solo facendo perdere del tempo prezioso. Devo ritrovare il mio ermellino in tempo per l'apertura della mostra. Tutto il resto non m'importa» concluse indispettita.

Gaia, che era ancora seduta per terra, osservava attentamente la scena senza intervenire. Era sollevata dal fatto di aver recuperato Rocky, ma anche spaventata dall'esperienza del ruzzolone nel vuoto in un posto così strano. Come prima cosa aveva messo il guinzaglio al cagnolino, in modo che non si cacciasse di nuovo nei guai, poi si era tirata su, avvicinandosi al cugino. "Non c'è mai fine al peggio" pensò, citando una delle migliori frasi di suo nonno. Iniziò a guardarsi intorno per tentare di capire dove si trovavano. Di fronte a lei c'era quell'uomo: un corpo esanime, con la testa inclinata di lato fasciata da un turbante. Aveva un braccio a penzoloni che sbucava dalla vasca fino a toccare il pavimento con la mano, in cui stava ritta una penna d'oca, di quelle che, prima dell'invenzione della biro, si usavano per scrivere...

«Ma... ma cosa ci fa quel signore morto in una vasca da bagno?» bisbigliò attonita la bambina, senza che gli altri due si preoccupassero di risponderle.

Evidentemente Cecilia e Andrea erano troppo impegnati nel loro battibecco per occuparsi delle cose importanti, perciò Gaia cercò di rendersi utile e di svelare il mistero da sé. Prese coraggio, perché nel profondo sapeva di essere un'investigatrice nata. Seguiva tutti i programmi sui r.i.s. e il suo cartone preferito era Detective Conan: non poteva fare una brutta figura proprio ora e tirarsi indietro di fronte a un'occasione così. E tra l'altro nel suo zainetto aveva un kit per analizzare la scena del crimine, ricevuto a Natale, che faceva proprio al caso suo. Non ci pensò su due volte e tirò fuori il nastro per recintare la vasca, poi mise dei cartellini con le lettere vicino a ogni oggetto presente sulla scena. Utilizzò la *a* per il coltello sporco di sangue incautamente abbandonato sul pavimento e la *b* per la penna d'oca che il morto impugnava nella mano destra. Vicino alla vasca c'era una cassetta di legno con sopra un calamaio e un'altra penna, a cui vennero assegnate rispettivamente le lettere *c* e *d*; una missiva, ben stesa sulla cassa, fu segnalata con la *e*. Avrebbe dovuto attribuire un riferimento anche al lenzuolo umido che cadeva dalla vasca e su cui il morto poggiava la testa e il braccio, ma per farlo bisognava avvicinarsi troppo al cadavere e forse era meglio lasciar stare.

Per quanto fosse inquietante, angusto e buio, la piccola Gaia adorava già il luogo misterioso in cui erano capitati...

Aveva dimenticato a casa i guanti di plastica per non contaminare la scena del crimine! Come poteva fare? Doveva arrangiarsi: si tirò la manica della maglietta fino a coprirsi la mano sinistra e, con la protezione del tessuto, afferrò la lettera posata sul grezzo scrittoio. Nell'altra mano aveva una lente d'ingrandimento, grazie alla quale poté iniziare a esaminare le scartoffie: erano scritte in una lingua che non conosceva, probabilmente francese. Quindi lesse ad alta voce la grande scritta incisa sul lato anteriore della cassa.

«à. marat, david» gridò a piena voce, come se stesse pronunciando una formula magica.

Ecco, la bambina era riuscita ad attirare l'attenzione di quei due, finalmente.

«Gaia! Che stai facendo?» la rimproverò il cugino.

«Mia cara, dovresti allontanarti dalla vasca. Questo non è un posto adatto a una bambina» aggiunse la dama.

«Cecilia, non arrabbiarti con noi. In realtà, è colpa mia che ho seguito Rocky, non di Andrea. Te lo giuro! Davvero, non volevamo darti fastidio né farti perdere tempo, ma non potevo abbandonare il mio cucciolo...» disse tutto d'un fiato Gaia, cercando di placare gli animi.

«Ti capisco, mia cara» mormorò la signora, vagamente intenerita.

«Vogliamo solo tornare... indietro, nel museo, a casa nostra...» disse Andrea. «Non vogliamo esserti di intralcio in nessun modo.»

Il ragazzo si sforzò di usare un tono amichevole ed educato e Cecilia parve disposta a collaborare.

«Il caso vuole che io conosca un uomo che ne conosce un altro che forse può aiutarvi...» disse la dama, poi si chinò, per abbassarsi all'altezza della piccola Gaia.

Decretò che li avrebbe aiutati solo se loro non avessero rivelato a nessuno la verità su come si erano incontrati. Lei non era mai stata nel museo e loro avrebbero finto un'amnesia qualora qualcuno avesse fatto domande. La proposta quietò i due cuginetti, che giurarono di mantenere il segreto alzando una mano e ponendosi l'altra sul cuore. Poi la donna iniziò a guardare sotto e dietro la vasca da bagno, ma anche qui dell'ermellino non c'era traccia.

«D'altronde, è l'unica strada che avete...» continuò a mormorare, quasi tra sé, Cecilia, come se stesse parlando di una cosa da poco.

Andrea per un momento abbandonò l'ipotesi che si trattasse di un sogno: tutto gli pareva così reale... Pensò che fossero stati rapiti: ma perché proprio loro? Cosa voleva quella donna?

Già immaginava i titoli dei giornali... "Mistero alla Galleria Nazionale: spariti due minori." La polizia sarebbe andata a casa sua, avrebbero frugato nei suoi cassetti. Probabilmente avrebbero trovato il compito di matematica di venerdì ancora non firmato, con un bel quattro. Sarebbero stati dolori! E sua nonna? Sarebbe morta d'infarto, poverina, leggendo quella notizia sul giornale.

Non poteva permettere che tutto ciò accadesse. Doveva trovare un modo per liberarsi della donna pazza e tornare sano e salvo, insieme alla cugina, nella stanza del museo.

«Guardate!» esclamò la dama all'improvviso, indicando un pelo bianco sotto la vasca da bagno.

Gaia si avvicinò con la lente, raccolse il pelo con una pinzetta e lo inserì in una bustina.

«Posso vederlo da vicino?» chiese la donna, strappandole la prova dalla mano. «Sì, non ho dubbi. È proprio suo. Il mio ermellino è stato qui» gioì.

Allora Gaia, che aveva appena finito di esaminare la scena, concluse preoccupata: «Quindi anche questo sangue potrebbe essere il suo.»

In verità la bambina non era per nulla convinta dalla congettura, ma aveva espresso quel dubbio per vedere la reazione della donna. La dama rimase un momento in silenzio con lo sguardo angosciato, poi sorrise e affermò con sicurezza: «No, cara, quello è il sangue di Marat.»

«Il tizio morto nella vasca?» chiese Andrea fingendosi interessato, ma al solo scopo di ingraziarsela.

«Sì, lui» rispose Cecilia. «Un grande politico vissuto in Francia ai tempi della Rivoluzione. Fu tribuno, medico, scrittore e amico del popolo...»

«Come è morto?» domandò Gaia, ancora più curiosa.

La dama strinse gli occhi assumendo un'espressione intrigante e iniziò il racconto sussurrando.

«È stato ucciso a tradimento da una donna di nome Charlotte Corday, che si introdusse in camera sua con la scusa di recapitare una lettera nella quale gli chiedeva una grazia.»

«Ma come! Si sa già chi l'ha ucciso!» protesto Gaia delusa. «E questo David, chi sarebbe?» incalzò indicando il nome inciso sulla cassa. «È forse il nome di Marat?»

«No, Marat si chiamava Jean-Paul. David, invece, nacque come Jacques-Luis...»

«Sì, e insieme hanno aperto un negozio di parrucchieri...» ironizzò Andrea, evocando il nome famoso dei saloni da coiffeur frequentati dalla madre.

«David è colui che dipinse il quadro in cui ci troviamo» continuò la dama senza badare all'intervento del ragazzo. «Un grande pittore francese che volle raccontare questa storia e condannare il delitto. Quella che la piccola ha letto prima ad alta voce è la sua dedica: "a Marat, da David."»

«Un momento! Come fai a essere così certa che sia stata questa Corday a uccidere Marat? Eri forse presente? Hai assistito alla scena?» chiese sospettosa Gaia che, spinta dalla foga del momento, era passata dal lei al tu.

«Non ero lì, no! La lettera che ha in mano Marat testimonia senza equivoci che vi ho detto la verità» rispose convinta la dama.

«Peccato che qui non ci sia nessuna lettera» obiettò prontamente Gaia. «Invece ti dico io come è andata realmente la faccenda: sei stata tu a ucciderlo per riprendere il tuo ermellino. Il sangue è ancora fresco. E poi guarda la penna che il povero Marat stringe in mano: sta diritta, non è ancora caduta a terra, e questo significa che l'omicidio si è consumato pochi istanti fa.»

«Hai ragione, ma questo perché David ha voluto dipingere il momento esatto in cui il tribuno perse la vita» rispose Cecilia, mantenendo un tono calmo e conciliante.

«L'avrei notato anche io, se tutta la luce non fosse concentrata solo in quest'angolo in alto, lontano dalla vasca» intervenne Andrea mentre si guardava attorno.

«Ebbene, c'è un motivo anche per questo: l'ombra rappresenta la morte, mentre la luce, che sta abbandonando Marat, rappresenta la vita...»

La piccola accolse l'interpretazione della dama che, per certi versi, le parve molto bella, ma non volle darsi per vinta: il mistero non era ancora risolto.

«Questo non spiega il motivo per cui la lettera di cui parli non sia più nelle mani di Marat. Secondo me hai voluto inquinare le prove» disse, puntando il dito contro Cecilia.

Vedendo la sua padroncina così tesa, anche Rocky volle manifestare il suo disappunto e perciò iniziò ad abbaiare contro la dama e a puntarla, mandando indietro le piccole orecchie. Andrea, che non era affatto convinto dell'ipotesi formulata dalla cugina e che non voleva irritare la donna, cercò di mediare invitando Gaia a riflettere ancora.

«Magari la lettera è semplicemente caduta nella vasca, Trec. Non essere così precipitosa» osservò.

Cecilia scosse la testa.

«Impossibile che sia caduta, siamo pur sempre in un quadro. Gli oggetti non possono cadere cosi all'improvviso, a meno che...» dichiarò, poi tacque pensierosa.

«A meno che?» chiese Andrea.

La donna iniziò a passeggiare su e giù per la stanza,

volgendo mollemente la testa da un lato, mentre ponderava un'ipotesi, e dall'altro dopo averla esclusa.

«Qualcuno potrebbe averla presa, forse?» insinuò senza ragionarci troppo il ragazzo.

«Se è stato commesso un furto, c'è solo un modo per scoprirlo» intervenne la bambina.

Gaia si diede da fare. Iniziò a prendere le impronte digitali di Marat, tirando fuori dallo zainetto il kit adatto: aveva premuto le dita del morto su una spugna imbevuta di inchiostro e le aveva riportate su una scheda già accuratamente compilata. Lo aveva visto fare in CSI, un programma che seguiva sempre in televisione da un paio d'anni. Non avrebbe voluto infastidire il corpo di Marat, ma quello era l'unico modo che aveva per escludere Cecilia dalla lista dei sospetti. Se le impronte trovate sulla scena non fossero state le sue, l'avrebbe scagionata. Prima di questo, però, doveva isolare quelle lasciate da Marat stesso. La Gallerani invece, che non aveva mai visto fare nulla di questo, associò la pratica a quella dei restauratori, e che non riteneva particolarmente gradevole, considerando ciò che aveva dovuto subire durante gli anni. Ciononostante si sottopose al test, prestando il suo indice delicato.

«Avrò i risultati a breve» esclamò Gaia soddisfatta.

«È un bene, perché al più presto dovremo abbandonare la stanza» sospirò Cecilia. «Il quadro sta iniziando ad avvertire la nostra presenza... noi non apparteniamo a questo luogo. Guardate in quell'angolo» disse, indicando ad Andrea il soffitto.

Il ragazzo alzò gli occhi e, incredulo, vide che minuscoli frammenti di intonaco iniziavano a staccarsi. Stavano cadendo giù piccole quantità di polvere. Ovunque.

«Quindi che si fa?» chiese in apprensione, scrollandosi dalla testa i detriti.

«Devo conferire con un amico» disse Cecilia. «Sono

sicura che lui vi aiuterà.»

«Ma io non ho ancora finito qui» ribatté Gaia piagnucolando. «È un'occasione unica questa. Nessuno avrà mai l'opportunità di analizzare questa scena, potrei scrivere un libro e diventare famosa svelando...»

«Rassegnati, Trec. Nessuno ti crederebbe» la interruppe Andrea. «E mentre ci pensi, raccogli le tue cose, hai sentito la signora? Qui da un momento all'altro viene giù tutto. Non voglio morire nella stessa stanza di Marat.»

Proprio in quel momento, quasi in risposta all'allarme di Andrea, si staccò un pezzo di soffitto che crollò sulla cassa di legno del tribuno. Tutti e tre si volsero spaventati.

«Da che parte, Cecilia?» chiese il ragazzo.

«Per di qua» disse la dama, afferrando le loro mani e puntando la parete destra del dipinto.

Il soffitto stava cedendo, non c'era più tempo. Andrea si fidò e accelerò chiudendo gli occhi. Nella peggiore delle ipotesi, avrebbe preso una bella botta in faccia, che magari l'avrebbe finalmente risvegliato da quell'incubo. Invece attraversarono la parete e furono attratti verso un'altra cornice come le calamite contro un magnete. Gaia aveva la nausea.

«Mi fa male la pancia...» disse, mentre accarezzava la testa del suo cagnolino.

«Ragazzi miei, non vi preoccupate, questo senso di malessere è normale. Ma non sarà sempre così, voglio dire... prima o poi vi ci abituerete e il passaggio fra un quadro e l'altro vi sembrerà uno scherzo» tentò di consolarli la dama.

Capitolo 4
Il ponte di Oslo

«Fallo smettere! Cecilia fallo smettere!» pregò Andrea.

«Ma che ha, perché urla tanto?» volle sapere Gaia.

Anche Rocky abbaiava spaventato e si dimenava scosso da quell'urlo che non si quietava.

«Edvard caro» disse la dama facendo qualche passo in avanti. «Sono io, Cecilia.»

Il rumore inquietante cessò e i ragazzi tirarono finalmente un sospiro di sollievo. Solo allora videro, in fondo a un lungo ponte di legno, una sagoma scura che si voltò di scatto. Si trattava di un omino con la testa rotonda, senza capelli e il mento allungato. Gli occhi erano grandi, ma non aveva il naso: solo due fessure nere poste là dove dovrebbero essere le narici. Era pallido, tendente al verdino ed evidentemente spaventato da qualcosa.

«Amica mia, cosa ti porta qui a Oslo?» urlò sorpreso, tenendo la testa stretta fra le mani.

«A Oslo?» esclamarono stupefatti i ragazzi.

Ma Cecilia, che si era incamminata lungo il ponte per raggiungere il personaggio urlante, non poteva più sentirli. Gaia avrebbe voluto seguirla, ma si fermò, rapita dall'ambiente straordinario che la circondava.

Non aveva mai visto un tramonto così. Nel cielo si alternavano onde di rosso, arancione, celeste, viola. In lontananza, poi, s'intravedeva un piccolo lago con una barchetta.

«Che bel posto sarebbe, se non ci fosse quel matto

che urla!» considerò sospirando Andrea.

«Già» confermò la cuginetta. «Ma questi colori... queste forme. Ti sembra un posto normale?»

«Che vuoi dire, Trec? Fammi capire...»

«Sembrerà assurdo, ma secondo me siamo davvero in un quadro e lei è davvero chi dice di essere!»

Andrea la guardò sbigottito, ma pensò fosse meglio non esporre la sua teoria del rapimento. Non c'era motivo di allarmarla. E, dopotutto, anche l'ipotesi del sogno non era da scartare.

Intanto, dall'altra parte del ponte, Cecilia e l'omino avevano iniziato a discutere animatamente, ma i ragazzini intesero solo le risposte urlate dall'omino pelato: «Ma veramente?» «Non ho visto purtroppo...» «...e a un certo punto non c'erano più.» «Lo sapevo che prima o poi se ne sarebbero andati...».

Sembrava un colloquio interessante, ma era difficile coglierne il significato senza capire ciò che stava chiedendo e affermando la dama.

«Spero di essere solo in un sogno, spero di svegliarmi presto...» ricominciò Andrea.

Gaia gli diede un pizzicotto.

Il ragazzo levò di scatto il braccio protestando e urtò la staccionata di legno su cui erano appoggiati.

«Questo, dice mia madre, è l'unico modo per capire se stai sognando o meno: se hai sentito il pizzicotto, vuol dire che sei sveglio» ammiccò la bambina.

«L'ho sentito! E ancora di più la botta che per colpa tua ho dato col gomito sulla staccionata.»

Mentre si massaggiava la parte indolenzita e si guardava tristemente intorno, Andrea si rese conto che non poteva trattarsi di un sogno. "Ancora peggio" pensò. "Forse siamo davvero intrappolati in un quadro, costretti a seguire una squilibrata in abiti medievali alla ricerca del suo ermellino...". Guardò da lontano Cecilia e rabbrividì: quella donna era l'unica persona che poteva aiutarli a tornare nella vita vera, con il wifi, le partite di calcio, gli amici, le nonne e tutto il resto… Avrebbe avuto bisogno di un analista, tornato a casa. Se mai fossero ritornati.

«Raggiungiamo dama Cecilia» propose Gaia.

«Va bene.»

Si incamminarono lungo il ponte: era lunghissimo, sembrava non finire mai. Dopo alcuni minuti si resero conto che la distanza che li separava dall'omino e da Cecilia era sempre la stessa.

«Siamo bloccati qui!» constatò Andrea agitato.

«Dama Cecilia, aiutaci! Non riusciamo a muoverci!» gridò Gaia.

Ma la nobildonna era troppo lontana e, accanto a lei, c'era l'omino che, forse, urlava di più al mondo. Non sarebbero mai riusciti a farsi sentire. Pensarono allora a come attirare la sua attenzione: saltarono, agitando braccia e gambe ma non riuscirono a farsi notare. Si sedettero a terra avviliti. Non c'era più nulla che potessero fare.

Dopo poco Gaia iniziò ad annoiarsi e slegò Rocky dal guinzaglio per giocarci un po'.

«Che combini ancora?» disse Andrea «lo liberi per farci finire in altri guai?»

«Vorrei ricordarti che siamo bloccati qui da mezz'ora. Secondo te dove mai potrebbe andare il cane?» replicò la bambina.

«Se solo dama Cecilia avesse un cellulare... le manderei un sms e via, il problema sarebbe risolto!» fantasticò Andrea, perso nei meravigliosi e angoscianti colori del tramonto.

Gaia chiuse un attimo gli occhi per concentrarsi e immaginare una soluzione. Quando li riaprì, si accorse che il suo cagnolino non c'era più. "Uffa! Di nuovo!" pensò sconfortata. Ma lo vide poco lontano: stava annusando un palo della staccionata qualche metro più in là. Colta da un'improvvisa ispirazione, la bimba si accese.

«Manderemo un messaggio!»

«E come lo mandiamo questo messaggio?» provvide a spegnerla Andrea. «Ti ricordo che siamo intrappolati qui e che quei due proprio non ci sentono…» .

Gaia si alzo in piedi, fischiò due volte e il piccolo jack russel si voltò per tornare da lei. In pochi secondi se lo trovò scodinzolante sotto le gambe.

«Rocky porterà il messaggio, lui non è bloccato» gli spiegò la bambina, fiera di se stessa.

Cercò nello zainetto carta e penna e scrisse: "Aiuto. Siamo bloccati. Andrea e Gaia." Piegò il messaggio più volte e lo incastrò nel collare del cane. Lo prese in braccio e gli sussurrò nell'orecchio: «Rocky, dov'è Cecilia? Dov'è? Trovala, porta il messaggio, vai!»

Il cane partì di corsa verso la dama.

«Come sai che Cecilia, volevo dire dama Cecilia, vedrà il messaggio? Mi sembra una donna un po' distratta» le oppose in extremis Andrea. «Ha perso il suo ermellino, si è dimenticata di noi... E poi a me non verrebbe mai in mente di controllare il collare di un cane in cerca di lettere.»

«Lo so perché ai suoi tempi i messaggi venivano mandati tramite gli animali. È la prima cosa che noterà, fidati. L'ho visto in un film» assicurò Gaia.

E infatti, pochi istanti dopo, videro che due sagome si stavano avvicinando.

«Siamo bloccati qui» urlò di nuovo Andrea. «Non riusciamo a muoverci!»

Nonostante il tono agitato dei ragazzi, Cecilia procedeva con flemma signorile e si concesse anche un paio di pause durante il tragitto. Era pur sempre una dama.

«Fai pure con calma!» le gridò Andrea con sarcasmo.

«Eccomi, cari. Cosa succede?» chiese la dama.

«Cecilia» urlò l'omino, «questi giovani umani sono esattamente nello stesso posto in cui si trovavano i miei amici scomparsi. Credo proprio che il quadro li abbia scambiati per loro e li stia trattenendo.»

«E cosa consigli di fare, Edvard caro?»

«L'unico modo per aiutarli è di forzare la scena, spingendoli lontano da qui. Dobbiamo tirarli via. Sei pronta?» Cecilia gli posò mollemente la mano sulla spalla. L'omino cercò di concentrarsi e spingere forte almeno quanto urlava. Poi urlò: «Uno, due... e tre!» e i ragazzi vennero catapultati un paio di metri più in là.

Le impronte delle loro scarpe erano ancora ben impresse su un asse del ponte: il colore sotto i loro piedi si era pian piano sciolto, lasciando intravedere la tela bianca sottostante ma, come si rimargina una ferita, veloce e preciso si ricompattò.

Una volta che il pavimento si fu richiuso del tutto, la dama si ricompose e tirò un sospiro di sollievo.

«Non possono stare qui, il quadro li troverà, il ponte percepisce la loro presenza... Pensa che questi umani siano i miei amici e vuole rimetterli al loro posto, sul fondo della tela» urlò però Edvard preoccupato. «Presto, via di qua e non vi voltate!»

Detto questo, iniziò a muoversi verso l'altro lato della passerella con passetti minuti e veloci, tenendo sempre le mani attaccate alle guance.

«Su, ragazzi, facciamo come dice Edvard. Restare qui è pericoloso» li spronò Cecilia.

«Edvard? Che strano nome per un quadro!» notò Gaia.

«Tutti mi chiamano così perché, in questo quadro, interpreto l'angoscia del pittore che mi ha dipinto, il quale si chiamava appunto Edvard Munch. Ma quest'opera ha un titolo differente: si chiama L'urlo» spiegò l'omino continuando a gridare.

«Non l'avrei mai detto...» bisbigliò Andrea.

«Cecilia, credi davvero che il signor Edvard ci aiuterà, oltre a renderci completamente sordi?» chiese preoccupata Gaia, affrettando il passo.

La dama, allora, spiegò loro che Edvard li avrebbe accompagnati da un suo conoscente, il quale poteva aiutarli a ritornare nel museo.

«E chi sarebbe?» chiese allora il ragazzo.

«Per motivi di sicurezza, non posso rivelarlo» rispose serio Edvard, senza voltarsi.

«Fidatevi, siete in buone mani. Edvard ha un cuore grande ed è pieno di ingegno» aggiunse la donna. Poi, in tono più triste, riprese: «Stiamo facendo ciò che è possibile, anche se in questo momento un mistero ben più grande turba il nostro animo.»

«Ecco che riparte con l'ermellino!» borbottò Andrea.

«Quello è un enigma che dobbiamo risolvere per conto nostro, Cecilia» intervenne Edvard strillando.

I due ragazzini sobbalzarono, colti alla sprovvista dall'intervento del signore senza naso: probabilmente i loro timpani non si sarebbero mai abituati al rimbombo dell'omino urlante.

Gaia stava per chiedere qualcosa a proposito dei due personaggi che Edvard aveva precedentemente nominato, quando vide all'orizzonte un'enorme onda di colore che si stava avvicinando minacciosa. Era come se la superficie del ponte si fosse disciolta e un gigantesco frangente di tempera stesse per travolgerli.

«Scappiamo!» urlò la piccola, poi prese in braccio il cagnolino e iniziò a correre, trascinando il cugino con sé.

«Complimenti per l'acuto, figliola, non è da tutti!» strillò con ammirazione l'omino.

«Andate avanti senza curarvi di me...» disse la dama.

«Vi raggiungo al mio passo» si giustificò mentre avanzava leggera, in punta di piedi. «Cerca voi: a me non baderà neppure. Seguite Edvard, su, veloci!»

Ma non servivano sproni da istitutrice: i ragazzini ed Edvard fuggirono terrorizzati. Rocky saltò giù dalle braccia della padroncina e, nonostante le zampette, staccò il gruppetto in fuga in men che non si dica. L'onda di colore evitò Cecilia, e si avvicinava a Gaia e Andrea gonfiandosi ad ogni metro. La fine del ponte era prossima, ma ormai l'onda era alle loro spalle e stava per abbattersi sui bambini.

«Saltate!» strepitò l'omino.

Si tuffarono oltre le acque blu che scorrevano sotto il ponte, nell'angolo destro alla base del dipinto, e piombarono su una sottile striscia di sabbia gialla, dove stramazzarono senza fiato. Videro allora l'onda infrangersi su un'invisibile parete trasparente che, evidentemente, segnava i confini del ponte. La massa dei colori sbatté contro l'ostacolo un paio di volte ancora, poi si ritirò, fluttuò e riprese pian piano la forma iniziale. Cecilia intanto camminava verso di loro, reggendo la lunga gonna con entrambe le mani, per non farla macchiare.

Edvard aveva ripreso a urlare ritmicamente e a contorcersi con il corpo, come un serpente che cerca di elevarsi. Quando la dama li raggiunse, cominciarono ad avanzare in direzione del lago. Avevano ancora molta strada da fare. I due personaggi dipinti sembravano molto scossi: dovevano capire cosa stesse accadendo nei loro quadri.

La barca, aveva spiegato l'omino, era il mezzo più veloce e sicuro per arrivare al quadro del suo amico, che li avrebbe ricondotti a casa.

«Dista un po' di cornici da qui... Ma non molto lontano» li informò il signor Munch.

I personaggi che i ragazzi avevano incontrato avevano tutti un nome e persino un cognome.

Edvard e Cecilia facevano strada mentre Andrea, Gaia e Rocky li seguivano subito dietro, trascinandosi come erano soliti fare quando c'era da scarpinare. Succedeva così anche d'estate, quando passeggiavano sul lungomare con i loro genitori.

La faccenda era seria e complicata, a quanto era parso di capire. Cecilia stava ricapitolando tutta quella strana storia attraverso un monologo pieno di dettagli inutili e parentesi fuori luogo, difficile da seguire, noioso e interminabile. Solo ogni tanto si fermava a riprendere fiato, concedendo a Edvard qualche battuta. L'omino era meno prolisso e più preciso della dama, ma anche molto più molesto in termini di volume e intensità, per questo i ragazzi non insistettero mai perché la signora lo lasciasse terminare.

Era chiaro che qualcuno aveva trafugato dei dettagli importanti dai loro quadri, ma ignoravano chi fosse stato e per quale ragione. Cecilia aveva smarrito il suo ermellino, a Marat era stata sottratta una lettera ed Edvard non aveva più trovato i due amici che normalmente comparivano alla fine del ponte. Un ermellino può scappare, una lettera può volare via, ma due persone non possono certo dileguarsi nel nulla: dovevano per forza essere state rapite da qualcuno. L'autore di tutto questo scompiglio conosceva bene i quadri, sapeva muoversi al loro interno e certo non aveva buone intenzioni.

«Come hai fatto a non accorgerti che i tuoi amici venivano assaliti?» chiese Gaia.

«Sono dipinti alle mie spalle e non ho visto nulla!» si giustificò urlando Edvard.

«Forse hai sentito qualcosa. Un rumore sospetto…»

«No. Perché io urlo sempre, quindi è difficile che riesca a sentire quello che succede intorno a me.»

«Ma perché gridi sempre così?» intervenne Andrea.

«Non lo so» strillò il signor Munch ancora più forte. «Forse grido per paura, o perché sono un po' matto... Oppure qualcosa mi angoscia.»

«Magari si tratta di un trauma» ipotizzò Gaia. «Da bambino qualcosa deve averti spaventato a tal punto da spingere la tua mente a dimenticare ciò che è successo, ma ti senti triste e addolorato lo stesso e allora gridi.»

«Può darsi!»

«Mio caro, purtroppo ora disponi di un ottimo motivo per gridare: hanno sottratto i tuoi amici dal ponte! Speriamo soltanto di trovare qualche traccia utile nel prossimo quadro che visiteremo. Dobbiamo far luce su questa vicenda. Non ho idea di chi possa aver violato il nostro mondo!» disse preoccupata la dama.

«Almeno una volta, se ci rubavano, lo facevano con tutta la cornice!» gridò arrabbiato Edvard.

«Salite!» esclamò Cecilia, quando furono alla barchetta. «Non toccate l'acqua del lago, ragazzi, non si sa cosa possa accadere. E soprattutto non muovetevi troppo, non voglio schizzi» li ammonì, facendo poi l'occhiolino.

L'ironia e il dominio di sé che la giovane donna dimostrava di possedere anche nei momenti peggiori irritavano Andrea terribilmente.

«Benvenuti a bordo signore e signori, vi auguriamo una buona permanenza» gridò Edvard, replicando perfettamente una voce registrata amplificata da un megafono.

«Oh!» rise Gaia. «Dove hai imparato?»

Edvard sorrise lusingato.

«La sento nel museo dove vivo» urlò.

«Ma dovremo trovare un modo per comunicare senza gridare, Edvard, altrimenti ci farai saltare i timpani!» sbottò Andrea.

Purtroppo era vero. Non potevano andare avanti

così. Allora Gaia si affrettò ad aprire lo zainetto e prese dell'ovatta che di solito usava per i suoi rilievi investigativi: ne ricavò quattro tappi per le orecchie, due per lei, due per suo cugino.

«Mi pare di capire che a te non servono. Ma se ne vuoi un paio, te li procuro subito» disse rivolta alla dama.

«Ti ringrazio per la tua premura, gentilissima Gaia ma, anche se mi servissero, non oserei mai infilare quelle cose nelle mie orecchie!» rispose disgustata Cecilia.

Gaia pensò tra sé che i compagni di Ulisse li avevano usati senza troppe storie. Erano arrivati a metà del lago, quando la piccola barca cominciò a oscillare e a girare su se stessa poi videro sparire la prua.

«Stiamo scomparendo!» gridò Gaia spaventata.

«Stiamo passando in un altro quadro» gridò tranquillo l'omino.

«Vi avevo detto che pian piano la vostra condizione sarebbe migliorata. V'illustrerò cosa accade in questi...» La dama aveva ripreso a conversare da sola.

I cugini avevano inserito i tappi nelle orecchie e funzionavano a meraviglia: il tono di Edvard era ora più accettabile e la voce di Cecilia non si sentiva.

Capitolo 5
L'incontro di Arles

Si era fatta notte. Il cielo era blu e le stelle risplendevano misteriose e profonde. Stavano navigando lungo un placido corso d'acqua e, in lontananza, le luci di una cittadina immobile brillavano di un arancio intenso, che si rifletteva in scie luminose sulla superficie del fiume.

«Vedo l'Orsa Maggiore!» esclamò Andrea entusiasta.

«Non ho mai visto un cielo così... Ma in che quadro ci troviamo?» chiese Gaia.

«Siamo in una Notte stellata di Vincent van Gogh» rispose la dama. «Il fiume che stiamo attraversando è il Rodano, la città che vedete si chiama Arles.»

«Alla vostra destra c'è la casa gialla dove van Gogh visse insieme al suo amico Gauguin» precisò Edvard.

I cugini erano impressionati dalla bellezza in cui erano immersi. Pareva di stare in un sogno. La tranquillità del paesaggio e la calma delle acque del fiume, che cullavano dolcemente la barca, placarono le emozioni dei due bambini.

Si addormentarono seduti, appoggiandosi con la testa l'uno sull'altra; Rocky si acciambellò accanto a Gaia.

«Poveri piccoli» sussurrò la dama. «Saranno esausti. Lasciamoli dormire, la traversata è ancora lunga.»

Avanzarono lentamente sulle acque del fiume, che ora erano appena increspate, fino a toccare la costa di Arles. L'incantevole pace del luogo era rotta a tratti da un urlo che Edvard lanciava entusiasta al firmamento.

Quando però Cecilia rivolse lo sguardo alla sponda

sinistra, si turbò. Ricordava su quel lato una coppia di innamorati, che però era sparita. Guardò ancora, poi disse a bassa voce, indicando ad Edvard la riva: «È Vincent!»

Sulla banchina c'era un uomo dal volto smagrito e con un vistoso bendaggio sull'orecchio destro; indossava un cappotto verdognolo e un cappello di lana.

Edvard iniziò a remare più velocemente per raggiungerlo prima possibile. La barca toccò delicatamente un piccolo molo vicino alla riva, dove erano ormeggiate un paio di imbarcazioni e si diressero verso l'uomo con l'orecchio bendato.

«Cecilia, mia cara, qual buon vento ti porta fin qui?» chiese l'uomo, sorpreso di vederla. «Edvard, vecchio mio, ci sei anche tu? Come stai?»

«Una storia incredibile, amico caro, non immagini... abbiamo un mistero da risolvere.»

La dama fornì a Vincent la stessa versione dei fatti che poche ore prima aveva dato ad Edvard. Spiegò che al suo risveglio, non trovando l'ermellino nella cornice, era andata a cercarlo, ma senza specificare dove. Durante il suo peregrinare si era imbattuta in due umani che in quel momento dormivano nell'imbarcazione ormeggiata al molo.

Vincent sgranò gli occhi.

«Due umani? E come sono finiti qui?» chiese sbalordito.

«Non ne hanno idea. Li ho interrogati a lungo, non ricordano nulla…» mentì la Gallerani.

«Aspetta, aspetta... tu cosa hai fatto esattamente? Lo sai che è vietato comunicare con gli umani? Dovevi dare l'allarme. Hai messo in grave pericolo tutti noi... E se lo scoprono i Legislatori? Diglielo anche tu, Edvard! Gli umani sono armati? Magari sono ladri di opere d'arte» la aggredì Vincent, in preda alla paranoia.

«Vincent, calmati. Sono solo due bambini e non abbiamo nulla da temere da loro. Io ed Edvard li stiamo riaccompagnando a casa» cercò di tranquillizzarlo Cecilia.

Ma l'autoritratto di van Gogh non voleva sentire ragioni, a suo parere bisognava avvisare immediatamente le autorità. Disse che ci avrebbe pensato lui stesso, dal momento che si stava recando proprio al Tribunale dell'Arte.

«E cosa ci vai a fare al Tribunale?» gridò allora l'omino senza naso.

«Ci vado perché mi hanno derubato» spiegò l'altro incrociando le braccia al petto.

Qualcuno stava facendo sparire alcuni particolari dai quadri di van Gogh: sul molo di fronte della Notte stellata non c'era più traccia della coppia di innamorati a passeggio e dal suo stesso Autoritratto con orecchio bendato era scomparsa una tela giapponese, alla quale il pittore era particolarmente legato.

A quel punto Cecilia riuscì a spiegargli ciò che voleva dire fin dall'inizio: i quadri di van Gogh non erano i soli a essere stati coinvolti dall'inquietante fenomeno della sottrazione. Da ogni quadro era sparito qualcosa: lei aveva perso l'ermellino, Edvard non trovava più i suoi amici, a La morte di Marat mancava la lettera della Corday… Era chiaro che stava succedendo qualcosa di grave, che qualcuno complottava contro di loro e voleva colpirli.

«Chi potrebbe avercela con noi? E se fossero proprio gli umani gli artefici di tutto questo?» Mentre formulava l'ipotesi Vincent allungò il collo per spiare i due corpicini addormentati sulla barca.

Cecilia scosse la testa. Non sospettava ancora di nessuno in particolare, ma doveva per forza trattarsi di qualcuno che conosceva bene il loro mondo. Prima di tutto, però, bisognava riportare i due ragazzini nella realtà. Strada facendo, forse, avrebbe trovato altri segni per risolvere il mistero.

«Come li riporterai indietro?» domandò l'autoritratto.

La dama gli ricordò la leggenda dei varchi.

«Pensi davvero che esistano?» le chiese sbigottito Vincent. «E che sia possibile attraversarli per entrare nella realtà?».

«Edvard, conosce qualcuno che sa in quale quadro cercare.

«E chi è costui?» chiese incredulo Vincent.

«Non mi è dato di saperlo, è una questione di sicurezza. Così dice Edvard» dichiarò la dama.

«Capisco...» consentì l'olandese. «A questo punto penso che sarà meglio unire le forze, verrò con voi e insieme cercheremo di risolvere questo enigma» concluse.

Porse cavallerescamente il braccio e attese che la dama vi si appoggiasse.

«Ti ringrazio, mio caro Vincent...»

«Fai strada» rispose lui e Cecilia sorrise.

Edvard, intanto, era tornato alla barca per controllare i bambini; li trovò accovacciati dietro la prua: stavano origliando la conversazione tra la dama senza ermellino e l'uomo con la benda sull'orecchio destro.

«I ragazzi ci spiano!» urlò ripetutamente Edvard.

Andrea lo pregò di non strillare, Gaia gli fece una boccaccia. Quando capirono di non poter più restare nascosti, uscirono allo scoperto e videro Cecilia avvicinarsi insieme allo sconosciuto.

«Poveretto!» disse con tono dispiaciuto Gaia. «A lui hanno addirittura portato via l'orecchio...»

«Che gente!» commentò scandalizzato il cugino e scosse la testa con disapprovazione.

L'uomo, che aveva ben percepito le parole della bambina, le si avvicinò con l'intenzione di tranquillizzarla. Le spiegò che era stato lo stesso van Gogh, il pittore di Zundert, a tagliarsi l'orecchio sinistro, dopo una lite furibonda con il suo coinquilino Gauguin. Naturalmente quel racconto non riuscì a rasserenare la bambina, che anzi si sentì ancora più inquieta.

«Cioè, l'orecchio te lo sei tagliato da solo perché avevi litigato con un amico?»

«Sì, per questioni di divergenze di opinioni e sogni infranti» aveva dichiarato Vincent. «Ma non spaventarti, io sono solo un ritratto, sono stato dipinto così!»

Gaia ci ragionò un attimo su e si convinse che non c'era effettivamente nulla di cui temere. Vincent gli pareva un tipo simpatico e, nonostante il broncio e la medicazione all'orecchio, trovava che il suo viso fosse dolce. Poi però fu invasa da un nuovo dubbio.

«Scusa, prima hai detto che van Gogh si è tagliato l'orecchio sinistro, giusto? Allora perché tu hai una benda sul destro?» domandò perplessa.

«Perché sono un autoritratto e sono stato realizzato davanti a uno specchio all'inizio del 1889» spiegò Vincent.

«Ah, logico» affermò la bambina, sotto lo sguardo esterrefatto di Andrea.

Risalirono tutti sulla barchetta, disponendosi in modo da bilanciare con metodo i pesi, e si prepararono alla nuova traversata per raggiungere il misterioso amico dell'omino.

«Seguiremo il corso del Rodano che ci porterà fino alla spiaggia della Persistenza della memoria...» spiegò Edvard.

«E da lì?» chiese allora Gaia, curiosa di conoscere nei dettagli il percorso.

«Dalì? Mi spiace deluderti, cara, ma non penso che

lo incontreremo.» Rispose fraintendendola Cecilia, pensando che la piccola si riferisse al pittore che aveva realizzato il quadro.

«Credo che la bambina intendesse chiedere quale sarà il nostro percorso dopo aver visitato la Persistenza...» sorrise Vincent, comprendendo l'equivoco. «Probabilmente vuol capire quand'è che potrà tornare nel suo mondo.»

La dama li rassicurò: il piano non era cambiato, erano sempre in cerca di un modo per riportarli indietro.

«Sì, ma come faremo esattamente?» intervenne Andrea.

«Ah! Dunque, pur avendo origliato le mie conversazioni private, avete bisogno di note ulteriori?» domandò la Gallerani con un tono un po' velenoso.

«Noi... veramente... non...» balbettò il ragazzo.

Cecilia sorrise a labbra strette, poi accennò di nuovo alla storia dei varchi, evitando di scendere nei dettagli.

Il ragazzo aveva ormai del tutto abbandonato la teoria del rapimento e l'ipotesi del sogno: era impossibile generare con la propria fantasia un mondo così assurdo. Piano piano si stava arrendendo all'idea che si trovassero davvero in una realtà parallela popolata da quadri. E non era così male... Incominciavano a piacergli quegli strani personaggi che aveva incontrato, ma, cosa più importante, iniziava a fidarsi di loro.

Andrea e Gaia contemplarono ancora per pochi istanti la volta blu cobalto della notte di Arles, prima che la barca iniziasse di nuovo a girare su se stessa vorticosamente. Un lampo li abbagliò, poi si accorsero che tutto era illuminato: si era fatto giorno o quasi.

Davanti ai loro occhi si estendeva una spiaggia deserta, su cui era gettato un enorme parallelepipedo marrone, da cui spuntavano un ulivo spoglio, dal tronco esile, e quello che sembrava essere un volto con un occhio dalle lunghe ciglia... Le rocce, tutt'intorno, erano contrastate dalla luce opaca di un malinconico crepuscolo.

«Terra!» annunciò la bambina, come se avesse passato in mare parecchi mesi.

Gli altri non le diedero molta attenzione né parteciparono alla sua gioia. Sembravano tutti alquanto preoccupati.

«Avete visto? Anche gli orologi molli sono spariti! Ma cosa succede, si può sapere?» si disperò Vincent, scendendo per primo dalla barca con un balzo, prima che la chiglia dell'imbarcazione toccasse la riva.

Carponi sulla spiaggia, scavava intorno al volume squadrato, in cerca di qualcosa che mancava.

La dama, invece, non si mosse. Attese finché non vide Edvard remare sabbia.

«Vorrei solo capire perché! Vorrei comprendere il senso di tutto questo...» continuava a lamentarsi con voce sconsolata l'autoritratto, tornando all'agitazione ossessiva della sua paranoia.

«E certamente non lo comprenderai scavando nella sabbia» commentò Cecilia, aiutando Vincent ad alzarsi.

Gaia, nel frattempo, si era allontanata ed era arrivata quasi vicino alla scogliera. Le piaceva molto quella spiaggia: tutto era così insolito e misterioso. Notò delle impronte di diverso tipo impresse nel terreno, alcune enormi, e altre che formavano tanti piccoli solchi. Chiamò subito gli altri.

«Andrea, Edvard! Presto, venite!» gridò.

I due accorsero all'urlo della bambina; anche Vincent si affrettò in quella direzione, pensando di trovare gli orologi.

«E adesso? Dove andate? Cos'altro succede?» domandò la dama con voce spazientita, vedendosi di colpo abbandonata sotto il ramo spoglio dell'alberello.

Intanto, la bambina aveva già delimitato l'area con

del nastro, misurato l'impronta grande, che era di ben ottantotto centimetri di lunghezza, e raccolto dei lembi di pelle squamosa, simile a quella dei serpenti, nelle orme più piccole. Con attenzione, aveva archiviato ogni reperto in una bustina trasparente, poi accuratamente sigillata. Tutta la scena era stata analizzata e messa in sicurezza prima dell'arrivo dei suoi compagni di avventura. Era stata precisa, veloce ed efficiente, e non aveva più nulla da fare, se non attendere: era felice come quando si aspettano gli amici il giorno del proprio compleanno.

«Guardate qui, sono impronte!» annunciò agli altri che erano appena arrivati. Consapevole di aver attirato la loro attenzione, raccontò tutto quello che aveva scoperto.

Alla parola serpente, prima ancora di vedere la bustina con le prove, Vincent avvampò in volto ed esclamò: «Medusa... ma certo! Era nel carico che veniva da Firenze, dagli Uffizi.»

«Effettivamente anche a me pare di aver visto solo la sua cassa...» schiamazzò l'omino.

«Mi sembra assurdo che tutto questo sia stato architettato da un semplice scudo» considerò l'autoritratto, mostrando un certo disprezzo nei confronti dell'opera di cui stava parlando.

«Un semplice scudo rotondo» ripeté Edvard, con un grido rauco e leggermente stizzito.

«Sì. Una semplice rotella di pioppo» confermò Vincent, con tono ancora più indignato.

«Non credo di capire...» farfugliò Gaia. «Ce l'avete con una medusa e uno scudo?»

L'olandese spiegò allora che Medusa non era un vero e proprio dipinto, almeno non come loro, che avevano tutti una tela e una cornice... Caravaggio, l'autore di quel soggetto, aveva deciso di dipingerla su uno scudo di legno, assegnandola, come da diritto, a un'altra famiglia di opere. E proprio perché essa non possedeva una cornice e non era squadrata, come la maggior parte degli altri capolavori conservati nei musei, era stata discriminata in passato ed era stata per molti anni esclusa dalle maggiori mostre e da tutti i più importanti cataloghi.

Edvard, invece, raccontò che Medusa non si era mai data per vinta. Aveva infatti chiesto ai Legislatori che il suo caso fosse riaperto, ottenendo alla fine un posto d'onore in uno dei musei più famosi al mondo. Medusa si sentiva un'opera d'arte come tutte le altre, anzi, si rendeva conto di essere un esempio unico, di grande maestria pittorica, e non voleva più essere dimenticata e sottostimata a causa del supporto sul quale era stata rappresentata.

«Quindi, se ho ben capito, alla fine c'è riuscita? È stata accolta nei musei?» domandò Andrea, a cui erano sempre piaciute le storie di rivalsa.

«Sì, è andata così...» ammise amaramente l'uomo con il cappello di lana.

«E come ha fatto questa Medusa a far cambiare idea ai vostri Legislatori?» domandò curiosa Gaia.

«Confutò la tesi di un avvocatucolo, dimostrando di essere un dipinto a olio, semplicemente montato su uno scudo anziché in una cornice» specificò Vincent.

Poi raccontò di come Medusa era stata sottoposta ad alcuni test dai quali era emerso che quanto affermava era vero. A quel punto, la giuria non aveva potuto fare altro che darle ragione. All'epoca, la sentenza del processo aveva fatto molto discutere e, ancora oggi, alcuni commentatori la ritenevano ingiusta.

Vincent sembrava schierato in modo chiaro e inequivocabile contro Medusa, un soggetto per sua natura negativo, legato al racconto mitologico di un mostro con serpenti al posto dei capelli e in grado di tramutare con lo sguardo le persone in blocchi di pietra. Dunque, a suo parere, c'era poco da aggiungere.

Alzando gli occhi al cielo, dopo aver fatto un bel respiro, disse: «In ogni caso, è sicuramente coinvolta nella vicenda delle sparizioni. Non ci ha mai rispettato né sopportato. Continua a essere invidiosa di noi e a odiarci.»

«Mi state dicendo che abbiamo finalmente un sospetto, signori?» intervenne Andrea, cercando di rendere la sua voce più adulta possibile.

«Abbiamo un colpevole» affermò l'autoritratto di van Gogh, guardando fisso Edvard.

Ci fu un lungo silenzio, che accampandosi in quel luogo desolato divenne in breve tempo assai pesante sia per i bambini che per i due dipinti. Poi Rocky fece sentire la sua voce, ridestando tutti i presenti dai loro cupi pensieri.

«Le altre impronte, invece, di chi sono?» chiese Andrea per movimentare un po' la situazione.

Francamente non capiva perché fossero interessati tutti a delle insignificanti striscioline di squame sulla sabbia, quando avevano un piedone minaccioso, grosso più di ottanta centimetri, stampato proprio lì di fronte a loro.

«A mio avviso potrebbero essere di chiunque» aggiunse Vincent vago.

«Sì, non mi sembrano importanti» confermò alzando le spalle il signor Munch.

«Ma come?» protestò, un po' offesa, Gaia.

«Be', ora sarà meglio avviarci verso l'uscita, signori, non disturberei questa cornice ulteriormente per oggi. Ricordate cosa è successo a Oslo con l'onda?» disse allora Edvard, notando degli strani movimenti nella sabbia.

Effettivamente camminare su quella spiaggia era diventato difficilissimo. A ogni passo, sprofondavano come se il loro peso fosse aumentato di una tonnellata. Qua e là si stavano formando piccoli vortici che roteavano e si spostavano orientandosi verso un unico punto, quasi a volersi congiungere. Incrociarono Cecilia a metà strada, durante la fuga. Come al solito, la dama si era mossa senza alcuna fretta, perdendosi tutta la discussione intorno ai reperti scoperti da Gaia.

«Insomma, si può sapere cosa succede?» domandò la Gallerani alquanto innervosita.

«È stata Medusa, è lei che ha rubato le parti dei nostri quadri» rispose Vincent tutto d'un fiato.

«Lo scudo con testa di Medusa di Caravaggio? Sia dannata!» si infervorò Cecilia e accelerò il passo.

Neanche la sensazione di sprofondare nella calda rena poté fermare la dama. L'idea che il suo ermellino fosse nelle mani di quella mostruosa e crudele creatura e che il poverino potesse essere trasformato in pietra la faceva rabbrividire. E soprattutto voleva sapere al più presto perché stesse accadendo tutto ciò.

Andrea, chiaramente, ci tenne a dirle che oltre alle impronte a strisce, lasciate da questa Medusa, Gaia aveva trovato delle orme più grosse, di oltre ottanta centimetri, ma ricevette dalla dama la stessa risposta distratta e riduttiva offertagli da Vincent. Il pensiero che in quel mondo ci potessero essere tante creature a cui attribuire un piede così lungo e grosso intimorì persino lui, di solito così sprezzante del pericolo.

«Peccato!» disse Gaia, mentre si avvicinavano di nuovo al parallelepipedo. «Ero proprio curiosa di vedere com'erano fatti questi orologi molli...»

«Immagina degli orologi, ma morbidi come una fetta di camembert» intervenne allora Vincent. «Salvador Dalì, l'artista che dipinse questo paesaggio della costa spagnola, li disegnò ispirandosi alla cremosità molle di quel formaggio, pensa!»

Gaia sorrise, ma era chiaro che non fosse comunque soddisfatta della risposta: avrebbe voluto osservarli da vicino quegli strani orologi, analizzarli, toccarli, studiarli... Vincent faceva strada urlando «Per di qua! Per di là!», mentre Andrea contava mentalmente le cornici che li separavano dal tizio che li avrebbe aiutati a ritornare a casa.

Capitolo 6
Un mare di nebbia

E fu notte, di nuovo. Andrea osservò il suo orologio inutilmente: le lancette si erano fermate da quando erano arrivati nella stanza di Marat. Anche lo smartphone era fuori uso. Fino a quel momento aveva visto alternarsi tramonti e notti, ma del giorno nessuna traccia. Non aveva idea di quanto tempo fosse davvero passato, e quel pensiero un po' lo innervosiva, anche se non gli pareva il più grave dei suoi problemi. Quando poi Cecilia dichiarò con voce piena e trionfante «È il 3 maggio 1808!», Andrea si sentì quasi svenire. Pochi giorni prima aveva visto un film in cui il protagonista rimaneva intrappolato su un pianeta dove un'ora corrispondeva a circa vent'anni sulla Terra... Loro, a quanto pare, erano stati addirittura condotti indietro di quasi duecento anni.

«Ma-ma, ma com'è possibile? Siamo tornati indietro nel tempo?» chiese balbettando.

La dama lo guardò allibita, come se il ragazzo avesse pronunciato qualcosa di assurdo. Il che, ovviamente, pareva ad Andrea doppiamente avvilente: una pazza che ti tratta come un matto non preannuncia nulla di buono.

«Ma il 3 maggio 1808 è il nome del quadro, suvvia» spiegò la Gallerani e poi fece segno a tutti di stare in silenzio.

Si accovacciarono nell'angolo in basso, a sinistra del dipinto, al riparo di un'ombra più scura.

Vedevano chiaramente un plotone d'esecuzione: i soldati erano di spalle, rappresentati come un'unica massa priva di sentimenti, con i fucili già puntati e l'aria di chi non perdona né si lascia impietosire.

Al centro della scena c'era una grande lanterna cubica, appoggiata a terra, che illuminava dei condannati ammassati vicino a un colle; uno di loro emergeva dal gruppo: era inginocchiato con le braccia spalancate, indossava una vecchia camicia bianca e dei pantaloni gialli. Alla sua destra c'era un uomo che pregava, mentre a sinistra si scorgeva un altro disperato gruppo di uomini che attendevano di essere giustiziati.

Edvard indicò al resto della compagnia una città sullo sfondo, schiacciata dal cielo nero: i contorni delle case e dei campanili ricordavano che era Madrid.

«Da quella parte c'è l'uscita» gridò.

«Non urlare, Edvard» lo rimproverò Cecilia. Poi, quasi sussurrando, si rivolse ai due ragazzi: «Dobbiamo andare avanti. Passeremo dietro i soldati, rapidi e veloci!»

La piccola Gaia, però, non ce la faceva a muoversi. Era ipnotizzata dall'uomo con le braccia alzate.

«Lo uccideranno?» chiese preoccupata.

Vincent le carezzò la testa, poi mettendosi una mano sul cuore le giurò che i gendarmi si trovavano in quella posizione, cioè fermi, da quando il signor Goya, autore del quadro, li aveva dipinti e che mai avrebbero sparato.

«Meglio comunque non richiamare la loro attenzione. Dobbiamo passare inosservati» suggerì la dama. «Dividiamoci in gruppi. Per primi passeranno Vincent e Gaia. Seguiranno Edvard e Andrea. Mi raccomando, procedete adagio e rasentando il terreno, così da non essere visti dal plotone. Edvard, fai questo sforzo: non urlare! Ci vediamo dietro al colle. È tutto chiaro?»

«Sì!» gridò a pieni polmoni il signor Munch.

Sia Cecilia che Andrea gli rivolsero allora uno sguardo freddo e pungente di chiarissima disapprovazione, che servì a zittirlo almeno per qualche minuto.

Gaia stava per prendere in braccio Rocky, ma la dama la rassicurò dicendole che, sapendo muoversi meglio in quella scena buia, lo avrebbe portato lei. Meglio non avere impedimenti…

La bambina ci pensò su per un secondo, poi glielo affidò con gentilezza, raccomandandole comunque di averne cura e di non sballottarlo troppo.

Oltrepassarono la barriera armata, velocissimi tutti e quattro, strisciando silenziosi come ombre: nessuno si accorse della loro presenza. Cecilia, però, nell'esporre il suo brillante piano, aveva omesso di dire che lei non avrebbe mai strisciato per terra come loro. E infatti, testa alta e petto in fuori, iniziò la sua passeggiata verso il colle, attirando l'attenzione di tutti.

Per primo le rivolse la parola l'uomo al centro del quadro, quello con le mani in alto.

«Sbaglio o voi siete la Dama con l'ermellino?» chiese dubbioso e abbassando gli occhi in segno di modestia.

Cecilia si voltò lentamente.

«In persona» rispose compita.

«Sul serio? È un onore per noi conoscervi» riprese l'uomo, poi s'inchinò, presto imitato da tutti i compagni della scena, tranne naturalmente quelli del plotone.

«Vi ringrazio e vi auguro una buona serata» cercò di tagliar corto la dama.

«Cosa vi porta da queste parti, se posso chiedere?» domandò allora il condannato.

«Beh, sono qui per una semplice passeggiata…» rispose imperturbabile la donna.

«E allora non vi disturberò di più, mia gentilissima signora. È solo che, ultimamente, sono in molti a passeggiare nei quadri…» insinuò l'uomo.

Sentendo quelle parole i soldati aguzzarono gli occhi

e perfezionarono la mira, così il condannato fu costretto a tendere ancora più in alto le mani per riprendere la posizione corretta.

A quel punto a Cecilia era venuta voglia di approfondire la questione delle passeggiate: avrebbe voluto fargli molte domande, ma capì, guardandosi intorno, che non era il caso.

Lo spagnolo stava per dirle qualcosa, aveva visto sicuramente passare qualcun altro, magari il bestione con un piede di ottanta centimetri da cui tanto era spaventato Andrea.

Rocky percepì la sua inquietudine e iniziò a ringhiare, attirando l'attenzione di uno dei soldati. La dama accennò un mezzo sorriso e si congedò con un inchino.

«Il mio ermellino... ecco, ha preso freddo e tossisce...» improvvisò, coprendo la testa del povero cagnolino con uno strettissimo e nervoso abbraccio.

Raggiunse col cuore in gola, ma senza affrettare troppo il passo, i suoi amici, che l'aspettavano dietro al colle.

«Capisco il tuo coinvolgimento in questa vicenda e la tua apprensione, Cecilia, ma questo non ti autorizza a metterci tutti in pericolo!» si arrabbiò Vincent, non appena la vide, afferrandole le spalle con le mani.

«Ma che modi sono mai questi!» ruggì la giovane donna, liberandosi dalla presa.

«Ti ricordo che abbiamo due bambini al seguito... Se qualcuno dovesse scoprirli, ci denuncerebbe subito ai Legislatori! Non ci hai pensato?»

«Vaneggi come al solito, mio caro Vincent. Non c'è niente di cui preoccuparsi. Ho il perfetto dominio delle circostanze.»

«Il perfetto dominio? Non hai notato nulla di particolare in questo quadro vero?» incalzò l'autoritratto.

«No» ribadì Cecilia furiosa.

«Appunto!» gridò Vincent.

Dal quadro non mancava alcun particolare, tutto sembrava al proprio posto, nulla pareva essere stato danneggiato... Come mai? Era logico pensare che i soldati del plotone fossero d'accordo con Medusa. E l'unico motivo per cui la dama non era stata fatta prigioniera era che avevano scambiato il cane di Gaia per il suo ermellino illudendosi quindi che anche la Gallerani fosse una congiurata, alleata col mostro dipinto da Caravaggio.

Cecilia rimase in silenzio a riflettere. Dopo qualche secondo di muta preoccupazione, sospirò e domandò acida: «Quindi, pensi che siano coinvolti più quadri? Chiariscimi un dubbio Vincent: perché mai un quadro dovrebbe fare un torto ad un altro?»

«In realtà ci sono diversi motivi che giustificherebbero questo tipo di attentato» rispose con calma l'autoritratto, dimostrando di voler abbassare i toni della conversazione.

«Per esempio?»

«Gelosia nei nostri confronti... Interesse. O magari, visto che parliamo di Medusa, rancore e vendetta personale» ipotizzò Vincent.

«È una cospirazione, dunque!» sottolineò Edvard, quasi fosse soddisfatto della cosa.

Vincent aveva fretta di lasciare quel quadro. Timoroso di un eventuale agguato e divorato dal sospetto, domandò di nuovo a Munch chi fosse il suo informatore. Dal suo punto di vista persino l'amico di Edvard poteva essere coinvolto nella congiura.

«Il mio amico è dalla nostra parte! Su questo non ci sono dubbi!» gridò l'omino e poi mise il muso.

«Tu sei sicuro che possiamo fidarci?» domandò ansiosa Cecilia, forse anche per spostare quell'attenzione fastidiosa dei compagni su di lui.

Edvard disse che il suo uomo era fidato e incorruttibile ma che, per ragioni di sicurezza, non ne poteva svelare il nome; era sicuro comunque che quel personaggio lo avrebbe aiutato a qualunque costo, non appena l'avesse visto sulla soglia della sua cornice. Gridò più volte che non vi erano ragioni per dubitare sulla sua integrità e, alla fine, riuscì a tranquillizzare e stonare tutti.

Persino Andrea e Gaia si sentirono rincuorati del fatto che i loro amici persistessero nell'idea di riportarli a casa, nonostante ci fosse in atto una cospirazione contro il loro mondo e chissà con quale scopo… Si incamminarono verso Madrid, lasciandosi alle spalle soldati e condannati. Dal colle, improvvisamente, si alzò una fitta nebbia; con difficoltà Andrea riusciva a distinguere le sagome dei suoi compagni. Gaia l'aveva subito preso per mano e con l'altra teneva in braccio Rocky, perché temeva di poterlo perdere ancora: il suo pelo bianco si confondeva nella bruma. La strada era in salita, e Vincent aiutò Cecilia in alcuni punti, offrendole il suo braccio. Sembravano essersi riappacificati, almeno a quanto poté vedere Andrea man mano che la nebbia si diradava. Ci mise non poco a realizzare che quella che stavano scalando era una montagna. Ormai non stavano più camminando: si arrampicavano su una ripida parete. Dovevano aiutarsi con le mani e far attenzione a non scivolare. Davvero una fatica!

Giunti quasi in vetta, notarono un uomo che si sosteneva con un bastone, vestito con una giacca verde scuro. Era fermo sull'orlo del precipizio a contemplare il panorama: un mare di nebbia bianca sotto di lui, dal quale emergevano, come degli scogli, cime di altre catene montuose.

«Siamo in Tibet?» domandò eccitata Gaia.

«No, in Germania!» rispose Vincent.

«Dove le catene montuose hanno dei nomi impronunciabili» aggiunse Andrea, prima che la bambina lo chiedesse.

La piccola annuì, poi concentrò lo sguardo sullo strano e solitario individuo che se ne stava fermo a un passo dallo strapiombo.

«Ma non gli vengono le vertigini?» chiese al cugino.

Il ragazzo alzò le spalle e storse la bocca, poi si rivolse sottovoce alla dama.

«Senti, Cecilia, ma quando la smetteremo di accollarci tutti questi casi umani?» le chiese indicando con il mento il personaggio fermo sul precipizio.

La dama scosse la testa e lo guardò con aria di rimprovero, poi si fece avanti per parlare con l'uomo. Ma Edvard la fermò delicatamente con un braccio e iniziò a gridare:

«Viandante, sono Edvard, L'urlo di Edvard Munch!»

«Fortuna che nei quadri non c'è eco, se no eravamo già morti» sussurrò Andrea nell'orecchio della cugina.

Il Viandante non si girò. Rimase immobile a guardare la valle. Solo dopo qualche secondo rispose con tono pacato, un po' triste, quasi impercettibile: «Bentrovato Edvard. Non mi sembri solo, chi altri è con te?»

«La signora Gallerani» rispose l'omino. «Meglio conosciuta come... »

Ma il Viandante lo interruppe.

«So chi è! E poi?» tuonò.

«Sì certo, poi l'Autoritratto di Vincent van Gogh, che tu sicuramente ben conosci. Dico bene?» farfugliò l'omino.

«Nessun altro?»

«No!» strillò nervosamente Edvard.

«E i due umani? Vi sembra forse questo il momento di portare a spasso dei bambini nel nostro mondo?» ruggì quello agitando in aria il bastone.

Andrea e Gaia si guardarono preoccupatissimi.

«Oh, noi veramente non volevamo...» provò a proseguire Edvard timoroso.

«Sono giunti tempi cupi per noi ritratti, tempi in cui le cornici non riescono più a contenere la superbia e l'ira che dilagano in tutte le altre, deturpando ciò che abbiamo di più bello e rubando quel che ci è più caro» dichiarò il Viandante.

«Sì, siamo a conoscenza, grosso modo, di ciò che sta succedendo... voglio dire, sappiamo di Medusa... e... niente, noi...» si giustificò il signor Munch.

L'altro non rispose. Puntò nuovamente il bastone a terra e un piede su una piccola roccia più sollevata, in modo da potersi appoggiare con una mano sul ginocchio.

«E che provvedimenti intendete prendere al riguardo? Pensate forse che aprire un asilo possa essere una soluzione al problema?» domandò severo.

«Veramente stavamo ancora valutando la questione... e stiamo... sì, insomma, noi staremmo attraversando il tuo quadro per... raggiungere un...» vacillò Edvard.

L'omino cercò lo sguardo di Cecilia, come per passarle la parola. Ormai aveva perso il dominio di sé e si agitava urlando frasi senza senso, incapace di portare avanti la discussione.

«Purtroppo siamo confusi e non sappiamo come sia più opportuno comportarci. In realtà, ci sfuggono le ragioni di tutto ciò. Perché rubare dei dettagli dai nostri quadri? Perché offendere la nostra prestigiosa memoria e mortificare la nostra bellezza? Non ha alcun senso!» intervenne allora la dama.

«Ti pongo una semplice domanda, mia cara. Cosa succederebbe, se non riuscissi a trovare il tuo ermellino in tempo per l'apertura della mostra?» la fece riflettere il Viandante.

«Non potrei essere esposta senza il mio ermellino!»

concluse Cecilia perentoria.

«Ma la mostra dovrebbe aprire comunque, dico bene? E gli umani troverebbero un degno sostituto in una di quelle tele che di solito lasciano nascoste in magazzino. Oppure potrebbero scegliere qualcuna di quelle opere che per anni hanno occultato in polverose casse dimenticate in vecchi depositi. Parlo di quei lavori che molto raramente sono finiti nei musei, perché magari non c'era spazio per esibirli.»

La dama sgranò gli occhi e Gaia colse qualcosa di diverso nello sguardo della nobildonna, un fremito, che non seppe immediatamente spiegarsi.

«Senza ermellino sono finita! Non mi esporranno mai più... E i Legislatori, a quel punto, vorranno cancellarmi. Sì, ci cancelleranno tutti!» concluse sconfortata la Gallerani. «Non possiamo permettere che tutto questo accada! Cosa possiamo fare?»

«Sono giorni ormai che scruto dall'alto i movimenti oscuri di Medusa e dei suoi. Non è più il momento di pensare, signori! È arrivato il momento di agire, per la sopravvivenza della nostra specie» esclamò il Viandante.

Fu interrotto dal boato provocato da un massiccio pezzo della parete rocciosa che si stava staccando dalla montagna e che, poco dopo, si schiantò con tremendo fragore al suolo, catturando l'attenzione di tutti i presenti.

«Presto qui non rimarrà più nulla per noi. I nostri stessi quadri cominciano a sgretolarsi» continuò tristemente il dipinto di Caspar David Friedrich. «E adesso ditemi, come intendete risolvere la faccenda degli umani?»

Edvard tossì per darsi un contegno, poi ammise di conoscere qualcuno che avrebbe potuto indicare loro l'esatta posizione di uno dei varchi: i passaggi che collegavano il mondo dei quadri a quello degli umani. Con madama Cecilia Gallerani e il signor Vincent van Gogh stavano appunto accompagnando i ragazzi.

Da quando era cominciata la conversazione il Viandante non si era mai girato, né si era preoccupato di mostrare il suo volto agli interlocutori. Le sue parole erano rivolte al vento e spesso si disperdevano nell'aria, confondendosi nella nebbia. Quell'atteggiamento metteva Gaia in soggezione e allo stesso tempo la incuriosiva. Chissà che volto aveva quell'uomo...

Poi il Viandante alzò leggermente il suo bastone come a voler indicare qualcosa di lontano e invisibile. Insinuò in loro un terribile dubbio: il quadro che conteneva il varco, infatti, poteva benissimo essere stato rubato da Medusa, inconsapevolmente magari. I suoi scagnozzi avevano già saccheggiato centinaia di dipinti e trasportato il tutto nella Torre piccola di Babele di Pieter Bruegel il Vecchio... E ora, anche quel varco, poteva essere lì.

Effettivamente, nessuno di loro aveva valutato un'ipotesi simile, per quanto plausibile... Cecilia, dunque, si avvicinò ai ragazzi e posò delicatamente una mano sulla testa bionda di Gaia. Disse loro che era colpa sua, in fondo. se erano finiti lì ed era quindi una sua responsabilità riportarli indietro. Prima che Andrea potesse chiederle chiarimenti sul discorso per lui completamente insensato del Viandante, la dama provò a incoraggiarli, senza però nascondere le proprie preoccupazioni.

«Purtroppo il Viandante potrebbe avere ragione» disse la Gallerani con tono materno.

«Ragione in che senso?» domandò Andrea.

Allora Cecilia spiegò loro che era troppo rischioso arrivare fino alla cornice del varco, non sapendo nemmeno se fosse ancora lì. Medusa, o chi per lei, poteva infatti aver profanato anche quel luogo.

«Potrebbe... Ma non è detto che sia così!» esclamò il ragazzo, per non farla arrendere subito.

«Insomma, ci dovrà essere pur un modo per saperlo. Non possiamo domandare a qualcuno?» protestò Gaia.

«Purtroppo no. Non c'è alcun modo per saperlo» disse piano Vincent.

Senza troppi giri di parole, l'autoritratto rivelò agli altri le sue paure: arrivare in quella cornice e non trovare il varco poteva comportare gravi rischi, come rimanere per sempre intrappolati nel quadro. Infatti c'era una sola uscita in quel tipo di dipinto, ed era la realtà. In più, se davvero era in atto una congiura, non sarebbe stato facile attraversare i quadri senza cacciarsi nei guai.

Andrea era furioso. Era stanco, voleva ritornare a casa, ed era preoccupato per Gaia, che aveva iniziato a piangere, per paura di non rivedere più i suoi genitori.

«E allora che farete? Ci abbandonerete qua, su questa montagna?» protestò amareggiato.

Cecilia tentò ancora una volta di tranquillizzarli.

«Troveremo un modo, non vi angustiate» disse, quindi cercò di accarezzare la guancia di Andrea, ma lui sfuggì.

«Lasciami in pace! È dall'inizio che cerchi un modo per farci tornare indietro... beh, complimenti, sei un fenomeno!» e si andò a sedere più in là, con le gambe incrociate, rivolto anche lui verso la valle allagata di nebbia.

La dama si mosse per corrergli dietro, ma Vincent la bloccò, trattenendola per una mano.

«Lascialo stare, si calmerà» la confortò l'autoritratto e con l'altra mano porse a Gaia un bel fazzoletto di seta che aveva nel taschino della giacca.

«Asciugati queste lacrime, su» le disse dolcemente. «Vi aiuteremo. Ve lo abbiamo promesso no?»

Gaia annuì e tirò fuori un mezzo sorriso.

«Quindi cosa faremo adesso?» domandò la la bambina.

«Non siamo quadri che si arrendono così facilmente. Troveremo una soluzione e ci andremo a riprendere ciò che è nostro!» annunciò lapidario Vincent, aguzzando la vista.

Poi i tre dipinti si avvicinarono al Viandante e parlarono con lui a lungo, sottovoce, a eccezione naturalmente del signor Munch.

Gaia ne approfittò per raggiungere Andrea. Con argomenti lo convinse presto ad allontanarsi dal burrone; le bastò ipotizzare che la prossima lastra di roccia a staccarsi sarebbe stata quella dove era seduto. Il cugino si alzò in un baleno.

Anche Rocky sembrava contento di quella decisione, e gli fece le feste.

«Sai cosa penso, Trec? Che abbiamo sbagliato a fidarci di loro» disse arrabbiato il ragazzo.

«Sbagli tu ora. Senza Cecilia, Edvard e Vincent cosa avremmo potuto fare? Dove saremmo potuti andare? Probabilmente saremmo finiti schiacciati da un pezzo d'intonaco nella stanzetta di Marat o sommersi dall'onda di colore sul ponte di Munch. E poi tu tendi sempre a ingigantire le cose. Non è colpa loro se una pazzoide si è messa a rubare le loro cose!» gli fece notare Gaia. «Ce la stanno mettendo tutta. E io voglio fidarmi.»

«D'accordo, ma bisogna sempre calcolare gli imprevisti, non si sa mai. E invece questi mi sembrano tutti degli sprovveduti. Specialmente quello senza naso» polemizzò Andrea.

«Senti, non ho voglia di litigare con te. Vuoi un consiglio? Stanno tornando, non esagerare di nuovo. Approfittiamo del fatto che possono guidarci attraverso i quadri. Magari incontreremo personaggi più saggi o più informati che sapranno aiutarci...» affermò la più piccola con calma.

Poco dopo furono raggiunti dagli altri. L'omino li salutò con un terribile urlo, la Gallerani con un mezzo sorriso, poi prese parola l'autoritratto di Vincent van Gogh.

«Abbiamo un piano, un vero piano» disse l'olandese. «Il Viandante ci ha suggerito come fare, ma non sarà facile e, per andare avanti, dobbiamo dividerci...»

«Non ci si divide mai, siete matti! Che non la guardate la tv?» lo interruppe sbalordita Gaia.

«Sono desolata, ragazzi, ma bisogna evitare di destare sospetti. Gli uomini di Medusa sono dovunque. Perciò voi andrete con Vincent ed Edvard, mentre io cercherò aiuto altrove» dichiarò la dama.

«Come farai da sola? Dove andrai? Ti rivedrò?» le chiese già preoccupata Gaia.

«So badare a me stessa, ma ti ringrazio comunque della tua premura. Sei una bambina molto cara ed educata sospirò Cecilia, poi rivolse uno sguardo ad Andrea che abbassò subito la testa, per non farsi vedere interessato. «Certo che mi rivedrai, farei qualsiasi cosa per aiutarvi a tornare indietro! Forse finora non sono stata capace di farvelo intendere...» concluse commossa.

Gaia abbracciò la gonna di Cecilia che ondeggiò all'indietro. La dama sorrise sorpresa, poi distese le braccia e le cinse intorno alle spalle della bambina, stringendola forte.

«Mi raccomando, dama Cecilia, fai attenzione! Ah, stavo pensando che se non dovessimo ritrovare l'ermellino, potresti sempre adottare un cagnolino! Pensaci: La Dama col cagnolino... suona bene» esclamò la piccola.

Cecilia arricciò il naso, poi rise.

«Non lo so... C'è una ragione precisa che ha spinto

Leonardo da Vinci a dipingermi con un ermellino, mia piccola amica, ma è una storia lunga, te la racconterò la prossima volta che ci vedremo, te lo prometto!» disse e baciò Gaia sulla testa.

Andrea si limitò a farle un cenno da lontano. Lei ricambiò con un sorriso. Si diresse verso il lato opposto del dipinto per poi svanire del tutto, nella nebbia.

Capitolo 7
Il campo di Monet

Discesero lentamente il lato sinistro del monte, ma la nebbia era di nuovo fitta, così si presero per mano, come suggerì Vincent che guidava la cordata. Proseguendo, il pendio diventò via via sempre più dolce e ci fu un momento in cui ai ragazzini sembrò di calpestare un suolo finalmente soffice. Infatti, non era più roccia quella su cui stavano camminando, ma morbida erba. Vincent ed Edvard iniziarono a scostare la nebbia, come si caccia via una mosca, e crearono un varco per passare.

Finirono in una campagna, precisamente in un campo di grano con due covoni di fieno, uno più grande dell'altro. Ciò che colpì i ragazzi fu la luce speciale che illuminava quel luogo: sembrava possibile seguire il senso del suo percorso, intuirne le righe di emanazione, anche se non riuscirono a trovare da nessuna parte il sole.

«Finalmente, siamo quasi arrivati… Oltre quel bosco troveremo l'entrata per la cornice del mio amico!» annunciò con un urlo Edvard, indicando la boscaglia sullo sfondo del dipinto.

«Davvero?» gioì Andrea.

«Mi raccomando solo di una cosa, ragazzi...» riprese l'omino, ma non fece in tempo a finire la frase, che Gaia stava già correndo spensierata sul campo.

D'improvviso la bambina scomparve e con lei Vincent, che aveva afferrato la sua maglietta per tempo, cercando, inutilmente, di impedirle di allontanarsi.

«Dove sono?» gridò Andrea. «Dove sono finti? Gaia!»

Spaventato, il ragazzo fece uno scatto per raggiungere il punto esatto in cui la cugina era svanita, ma Edvard lo fermò.

«Se ogni tanto qualcuno mi lasciasse finire!» sbuffò il signor Munch. «Siamo nei Covoni e qui è normale svanire. Comunque, non è successo nulla di grave. Claude Monet ha dipinto venticinque quadri più o meno uguali, rappresentando sempre lo stesso soggetto, dunque ci sono molti passaggi per le altre versioni…»

«Lasciami indovinare, Edvard... i covoni sono questi due ammassi di paglia?» intervenne Andrea rivolgendo lo sguardo verso i mucchi di fieno.

«Esattamente. Ogni quadro si differenzia dall'altro per la luce e per la prospettiva.»

Quelle opere erano state dipinte in diversi momenti della giornata, alcune addirittura in momenti diversi dell'anno. Loro, in quel momento, si trovavano nella cornice principale, dalla quale si accedeva a tutte le altre attraverso delle porte invisibili e indistinguibili: dei semplici puntini di colore la cui tonalità era ripetuta in diverse posizioni in tutta la serie dei quadri.

«Quindi, Ed? Arriviamo al dunque... tu le vedi queste porte?» chiese confuso.

«Oh no, nessuno può vederle» obiettò l'altro. «Bisogna solo proseguire, prendendo come punto di riferimento il bosco e riuscire a contare venticinque cambiamenti di luce, ovviamente considerando la prospettiva! E passando da un quadro all'altro probabilmente ritroverò gli altri… Dopotutto anche Vincent conosce la strada.»

Andrea tirò un sospiro di sollievo.

«Potevi dirlo subito che anche Vincent conosceva questa storia delle porte… Che aspettiamo, allora? Andiamo!» esclamò.

«Tu non verrai! Resterai qui» gridò lapidario Edvard.

Qualcosa nel suo sguardo era cambiato. Il signor Munch sembrava irritato e nervoso, come mai si era mostrato prima. Il ragazzo non capì immediatamente cosa stava succedendo, ma per prudenza rimase fermo dov'era a studiare le espressioni dell'omino urlante.

«Tu lo sai cosa si prova a essere sempre messi da parte, eh?» riprese Edvard. «Non ci si può fidare di nessuno in questo mondo. All'inizio vieni chiamato e lodato. Ti dicono "sarai tu quello che verrà esposto stavolta"... Così ti senti dire e aspetti, aspetti, ma non succede niente, resti sempre lì dove sei a prendere polvere... Ed è così che un bel giorno ti stanchi di essere tenuto sempre in un magazzino!»

«Ti senti bene, Ed? Mi sembri sconvolto...»

«No che non mi sento bene! Che razza di domanda! Sono anni che non sto bene!» esplose furioso Edvard.

«Mi dispiace, davvero. Ma non capisco di che cosa tu stia parlando» mormorò Andrea preoccupato.

«Non capisci? Te lo spiego subito... Esistono quattro versioni di me, lo sapevi questo? Ma certo che no, come facevi a saperlo, tu! Una di queste è stata rubata per ben due volte mentre un'altra, quella fatta a pastello, è addirittura il secondo quadro più costoso al mondo! E io? Rinchiuso in un magazzino del Munch Museum per anni!» si alterò l'omino.

Passeggiava furibondo avanti e indietro, calciando e schiacciando la lunga erba del prato.

Approfittando del fatto che Edvard fosse tutto concentrato su se stesso e sulle proprie recriminazioni, Andrea azzardò un paio di passi all'indietro, per allontanarsi lentamente da lui.

«E mentre stai finalmente assaporando la fine di tutta quest'ingiustizia, piomba lei, nella tua cornice... con due stupidi ragazzini. Diamine! Quella sciocca... Cosa voleva fare? Giocare alla babysitter!» urlò disperato.

I tappi di Andrea ormai non riuscivano più a proteggerlo dal volume assordante delle recriminazioni lamentose dell'omino.

«Mi stai spaventando, Edvard» balbettò.

L'urlo piegò il suo sguardo allucinato sul ragazzo. Spalancò la bocca e, serrandosi la testa tra le mani aperte, riprese a sgolarsi come un ossesso.

«Ancora è presto per spaventarsi! Quando rimarrai qui solo, perso in questo campo, quello sarà il momento giusto per avere paura e soffrire! Proverai la mia stessa pena. Ti ritroverai abbandonato, dimenticato, proprio come è successo a me, che sono rimasto solo per anni! Anni... Non saranno certo due ragazzini, una dama e un pazzo senza un orecchio a fermarci! Ora basta... Non possiamo più aspettare. Noi avremo la nostra vendetta!»

«Perché Ed? Perché reagisci così? Perché fate tutto questo ai vostri amici quadri?» chiese incredulo Andrea.

«Perché? E cosa t'importa? Tu non appartieni a questo mondo, non sai niente e comunque non capisci di cosa sto parlando. Quindi chiudi il becco!»

Andrea sospirò sconfortato. Peggio di così non poteva andare: Gaia era sparita di nuovo, l'omino era impazzito e lui si trovava prigioniero in un campo deserto, con i timpani dolenti e la testa che scoppiava.

Nonostante la tensione e il timore, decise che doveva provare a ragionare con il matto che si trovava di fronte. Non sperava di calmarlo, ma contava almeno di comprendere qualcosa in più.

«Hai ragione» gli disse. «Io non posso capirti perché non sono un quadro, ma conosco perfettamente la storia dell'essere posti in disparte. Sai, gioco a calcio e ora mi hanno messo in panchina... Ma penso che prima o poi ritornerà il mio momento e allora starà a me farmi trovare pronto: non potranno più escludermi.»

«No!» gridò l'omino. «La mia condizione è completamente differente. Perché io non merito la panchina! Così come gli altri quadri che non vengono esposti... Siamo stanchi di essere seconde scelte. Non è giusto! E allora sai cosa faremo? Rovineremo i quadri più amati e conosciuti e prenderemo il loro posto nei musei di tutto il mondo. E giustizia sarà fatta.»

Concluso il discorso, si lasciò cadere all'indietro e scomparve.

Il ragazzo rimase attonito e immobile: era solo, completamente solo, e quel silenzio lo estenuava più di tutte le grida che aveva dovuto subire fino a un attimo prima.

«Mantieni la calma» si disse e fece un bel respiro.

Avanzò lungo il campo con prudenza: d'improvviso la campagna divenne rosa, poco dopo si tinse di verde chiaro e sfumato... In pochi istanti si ritrovò in un ambiente autunnale, poi sulla neve e, due passi ancora, era di nuovo estate.

Non sapeva né dove andare né che fare, riusciva soltanto a pensare che non voleva scomparire. Si sentì perduto, il cuore iniziò a battergli sempre più forte e la testa gli girava tanto e così veloce da fargli perdere l'equilibrio. Si accasciò al suolo e perse i sensi. Era tutto buio. Gli sembrò di essere sulle montagne russe, poi si sentì scuotere per diverse volte; sentiva un suono lontano, ovattato, che piano piano divenne una voce.

«Giovanotto! Ehi, giovanotto! Giovanotto! Su, andiamo svegliati! Che fai lì a terra?» diceva uno strano tipo, completamente ricoperto di verdura.

Osservandolo meglio, Andrea si accorse che non era ricoperto, era proprio composto da insalata, frutta e ortaggi. Al posto del naso c'era una zucchina, le guance erano pesche, il mento un pomodoro e poteva ancora distinguere ciliegie, patate e un aglio. La chioma era composta da foglie e da frutta, c'era persino una melanzana. Era vestito con spighe di grano intrecciate, alcune delle quali spuntavano diritte come frangia del colletto. Come cravatta, invece, aveva indossato un carciofo. Non era solo: con lui c'erano altri tre individui della sua specie, tutti diversi tra loro e unici nel loro genere. Uno era composto da fiori, un altro da rami secchi e radici, il terzo, che sembrava chiuso in una botte, era un misto di uva, tuberi e foglie di vite.

«Giovanotto, va tutto bene?» ripeté l'uomo minestrone, non avendo ancora ricevuto risposta.

Andrea si ricordò di essere svenuto nel campo di Monet; forse quella era un'allucinazione. Nel caso in cui non lo fosse stata, doveva dare risposte prudenti: non conosceva più nessuno. Soprattutto non doveva apparire turbato per non destare sospetti…

Pensò che, in quel momento, la cosa migliore da fare fosse fingere di essere un quadro.

«Signori, voi mi avete salvato, grazie davvero!» disse con tono sicuro, alzandosi e staccandosi dai pantaloni le spighe che vi si erano attaccate. «Dovete scusarmi, ma ho ancora tanta strada da fare e devo quindi già salutarvi. Mi spiace, ma mi aspettano non molto lontano da qui.»

«Lontano?» domandò l'uomo botte.

«Sì, lontano...» ripeté il ragazzo, grattandosi la testa e indietreggiando.

«Ah, lontano... e dove sei diretto di preciso, figliolo?» chiese allora il tizio ricoperto di rami, lisciandosi i due limoni che aveva come papillon.

«Da quella parte» rispose Andrea, indicando la radura in fondo. «Devo incontrare…» ingoiò aria, per prendere tempo e decidere che nome fare, poi azzardò: «La dama Cecilia Gallerani!»

«Ah, e così voi siete amico della Dama con l'ermellino! Voci dicono che abbia perso il suo animale e ne sia alla disperata ricerca. Potete confermarle?» domandò allora l'uomo di fiori.

«Oh, io questo non lo so, ma potrebbe averlo perso, effettivamente. Anzi, mi pare proprio di aver sentito dire così.»

«Che cosa triste!» commentò l'uomo botte.

«Non dovrei far trapelare questo tipo di informazioni, ma dicono che ci sia lo zampino di quella strega di Medusa!» rivelò l'uomo di fiori.

«E pare che non sia l'unica ad aver subito danno...» aggiunse l'uomo botte.

Il ragazzo, non sapendo ancora come reagire, improvvisò un sospiro affranto, da persona sensibile e preoccupata, come faceva quando doveva inventare qualche scusa tragica per evitare un'interrogazione.

«Non fare quella faccia, giovanotto... Non ne sapevi nulla? Ti sei spaventato?» domandò l'uomo di rami.

«Qualcosa sapevo» mormorò Andrea.

«Se cerchi la Gallerani, vuol dire che sei dei nostri, e se sei dei nostri, devi assolutamente sapere che...» stava dicendogli l'uomo uva, ma si bloccò ad un'occhiataccia dell'uomo di fiori.

«Non è il caso!» lo rimproverò.

«E perché mai? È un bravo ragazzo, lo si capisce subito! E poi conosce Cecilia. E, ormai, è uno di noi» obiettò l'uomo uva.

«Basta così, fratelli!» intervenne allora quello col naso di zucchina. «Smettetela! Non è educazione comportarsi così e di fronte a degli estranei, poi. Senza offesa ragazzo...» disse rivolto ad Andrea.

«Non vi preoccupate. È giusto... Anzi, io ora me ne vado, così voi...» rispose il ragazzino, farfugliando qualcos'altro di incomprensibile.

Ma i due che lo avevano tempestato di domande, faccia d'uva e faccia di fiori, nel frattempo, avevano ripreso a litigare, costringendo gli altri a dividerli. Andrea, in un primo momento, pensò di approfittarne per sgattaiolare via, non riuscendo più a sostenere l'interrogatorio degli uomini verdura. Poteva fidarsi di loro? Aveva sbagliato a confidare in Edvard, e sarebbe stata solo colpa sua se fosse capitato qualcosa di spiacevole a Gaia. Si sarebbe dovuto prendere cura di lei, perché era il più grande, e, in teoria, il più saggio e responsabile. Invece si era comportato da ragazzino sciocco e viziato, inasprendo i rapporti con tutti. Forse era arrivato il momento di riscattarsi.

La zuffa fra gli uomini vegetali era terminata: petali di fiori erano sparsi ovunque, insieme ad acini e verdure. Andrea, che era rimasto immobile, sentì uno strano brontolio provenire dal suo stomaco: aveva fame, si sarebbe chinato e avrebbe mangiato tutto e tutti, ma gli sembrò opportuno non farlo. Meglio stare fermi e zitti.

Stava succedendo qualcosa, gli strani individui stavano confabulando e pareva che fossero arrivati a una decisione.

«Ti porteremo con noi! Sei contento?» esclamò entusiasta l'uomo di rami.

«Benissimo. Non potrei essere più felice di così» fece finta di gioire Andrea.

«Qual è il tuo nome?» gli domandò l'uomo di fiori. «A quale museo appartieni?»

«Mi chiamo Andrea» dichiarò il ragazzo. «Vengo... da... dalla Galleria Nazionale.»

«Ah, non sapevo avessero una collezione permanente! Beh, Andrea, oggi è il tuo giorno fortunato» disse l'uomo minestrone, dandogli una pacca sulla schiena.

Nel farlo, il frutto che componeva la sua mano, si spiattellò completamente sulla maglietta preferita del ragazzo, impregnando il tessuto di succo e zucchero. Andrea stava per imprecare, ma soffocò la protesta in una smorfia.

I quattro si misero in fila indiana: ognuno di loro pose la mano sulla spalla destra di quello davanti e così fece anche Andrea, che si mise in ultima posizione.

Attraversando il campo, il ragazzo si guardò intorno più volte, alla ricerca di Vincent e Gaia, spaventato al pensiero di rincontrare Edvard. Erano scomparsi tutti nel nulla o probabilmente si trovavano già al di là della radura.

Il primo della fila si girò per controllare che tutti ci fossero e, vedendolo turbato, gli domandò: «Cosa c'è, figliolo? Cerchi qualcuno?»

«Nessuno» rispose velocemente Andrea. «Mi guardavo intorno: è la prima volta che vengo fin quaggiù e…» si fermò di botto, perché si rese conto di aver detto troppo.

«Come come? Non sei mai venuto qui?» si voltò allora stupito l'uomo di fiori.

Gli ricordò il tono di voce che certi personaggi usavano quando scoprivano che non era mai stato sulla neve a sciare. Il ragazzo si affrettò a fornire una risposta per loro sensata o perlomeno soddisfacente. Ma non sapeva che dire. Tentò alla fine: «c'è sempre una prima volta, come dice mia madre!» ma si morse la lingua.

"Adesso mi chiederanno chi è mia madre." pensò. "E come ne esco? Era meglio se stavo zitto!"

«Le madri... eh, sagge donne!» sospirò a quel punto l'uomo floreale, e stava per aggiungere qualcosa, ma fu distratto dal tonfo di uno dei suoi compagni, che era scivolato battendo il sedere e sparpagliando un gran numero di chicchi d'uva e di noci.

Scoppiarono tutti in una fragorosa risata.

«Autunno, tutto bene?» chiese uno di loro.

Sembrava di essere in Toscana a settembre, nel periodo della vendemmia. Andrea rideva, anche perché aveva finalmente capito chi fossero quegli strani personaggi: l'immagine delle Quattro stagioni. Ora che conosceva i loro nomi si sentì più sicuro. Estate aiutò Autunno a rialzarsi, poi domandò ad Andrea se fosse certo che la dama con l'ermellino si trovasse al di là della radura.

«Per dove sarebbe poi diretta la signora Gallerani, che tu sappia?»

Ma Andrea ancora una volta ignorava la risposta.

Intervenne Inverno: «Non è difficile ipotizzarlo: sarà diretta a Babele... come tutti del resto.»

«Noi però passeremo da quest'altra parte, la strada forse è più lunga ma è più sicura!» annunciò Estate.

«Facciamo una strada diversa? Ma così c'è il rischio che non la incontri» si lamentò il ragazzino.

«La raggiungeremo, non ti preoccupare. Ma comprendimi, in questo momento, noi dobbiamo compiere una missione che ha la priorità su tutto il resto. Non possiamo permetterci imprevisti e complicazioni» spiegò Estate.

Andrea non era felice della decisione presa dal suo gruppo. Se non fosse andato oltre la radura, non avrebbe potuto avvisare Vincent e Gaia del doppio gioco di Edvard. Tuttavia pensò che non avrebbe potuto fare molto da solo e che era meglio restare con le Quattro stagioni. Senza di loro si sarebbe perso sicuramente nel campo o, peggio ancora, sarebbe potuto finire in guai più grossi. Dopotutto Gaia non era sola, con lei c'erano Vincent e Rocky, se la sarebbero cavata sicuramente… A malincuore, quindi, seguì i quattro stranissimi personaggi verso la parte destra del dipinto.

Capitolo 8
In vino veritas?

Appoggiati alle radici di un grosso albero e nascosti tra i cespugli, Vincent, Gaia e Rocky erano fermi ad attendere, ormai da parecchio tempo, l'arrivo dei due compagni, del tutto ignari di quanto accaduto.

«Fra quanto arrivano? E perché ci mettono tanto?» borbottava Gaia, snervata dall'attesa.

«Non ne ho proprio idea, ma stai tranquilla: arriveranno. Dobbiamo soltanto stare fermi e aspettare. È l'unico modo che abbiamo per ritrovarci.»

«Uffa, dovevo starmene buona. Se avessi saputo dei varchi nascosti, ti giuro che non sarei andata avanti…»

Udirono un forte lamento e si sporsero per capire da che parte provenisse. Entrambi notarono qualcosa o qualcuno muoversi poco più in là e, con prudenza, si avvicinarono.

Fu in quel momento che videro Edvard accasciarsi al suolo, come fosse stato ferito. Prima che potessero soccorrerlo, l'omino cercò di rialzarsi ma senza riuscirci. Vincent e Gaia gli corsero accanto.

«Edvard, stai bene? Cosa è successo?» gridò la bambina.

L'autoritratto lo prese per le spalle e gli tenne la testa sollevata con una mano. Provò poi a farsi spiegare cosa gli era capitato. Edvard, tra un lamento e l'altro, iniziò raccontare la sua versione dei fatti: «Povero me, eravamo proprio dietro di voi... eravamo quasi arrivati» urlò, fingendo di disperarsi. «Gli uomini di Medusa sono piombati su di noi all'improvviso e hanno preso Andrea... io ho provato a fermarli, lo giuro! Ma me l'hanno impedito. Mi dispiace, non sono riuscito a salvarlo» concluse mortificato.

Gaia impallidì, era preoccupatissima.

«Non ti affaticare, amico mio. Calmati e riprendi fiato, ora sei al sicuro» disse Vincent. «Sembri ferito, fammi vedere! Cosa ti hanno fatto quei traditori?»

Edvard mostrò il fianco sinistro, che si era lesionato da solo per dare credibilità alla messinscena.

Gaia osservò la ferita: perdeva colore e sotto il taglio si cominciava a scorgere il bianco della tela.

Vincent fasciò l'amico con le garze e l'ovatta che Gaia aveva prontamente recuperato dal suo zainetto.

«È una brutta ferita, Ed, ma in un paio di settimane dovrebbe guarire. Ora riposa.»

Soddisfatto dalle reazioni sino a quel momento ottenute, Edvard pensò che fosse conveniente insistere e allora, sospirando e dolendosi, continuò la sua recita:

«Ma Andrea? Non possiamo abbandonarlo!» si agitò.

«No, no!» esclamò la bambina. «Dobbiamo salvarlo!»

«Sì, ma non sappiamo dove si trova ora, né dove lo stanno portando...» notò amaramente l'autoritratto.

«Ho sentito pronunciare la parola Babele... credo che fossero diretti lì» urlò l'omino senza esitare.

Gaia ricordò le parole del Viandante. Dunque Babele doveva essere il quartier generale di Medusa. Tutto ciò che era stato rubato dai quadri era stato trasportato lì. Ma Andrea non era un quadro, perché prendere anche lui? C'erano molti aspetti di quella vicenda che non comprendeva.

«Dobbiamo raggiungere il mio amico, il prima possibile. Lui è l'unico che può darci aiuto» continuò Edvard.

«Ci rimetteremo in marcia fra poco, partiremo non

appena ti sarai asciugato» gli disse Vincent.

«Possiamo partire anche ora, per quanto mi riguarda» replicò il signor Munch, ma subito si zittì: non voleva insistere, per paura di insospettirli.

Così lanciò qualche finto grido di dolore e chiuse gli occhi, come per riposarsi.

Mentre fingeva di dormire, si mise a pensare ad Andrea, spaesato e solo, lì dove l'aveva lasciato. Quel ragazzino non sarebbe mai riuscito a trovare la strada ne era quasi certo, ma l'idea che ci fosse anche una minima probabilità che sbucasse all'improvviso da quei cespugli lo preoccupava più di ogni altra cosa. Per questo, ogni tanto, riapriva furtivamente un occhio per guardarsi intorno e controllare la situazione. Ormai era quasi fatta. Era abbastanza soddisfatto di come aveva approfittato dell'occasione e molto contento della sua prova. Non era disposto a mollare, non adesso che era così vicino al suo obiettivo. Gli era stato affidato un compito importante, finalmente, da Medusa in persona, che per prima lo aveva informato dell'arrivo dei due umani nel loro regno. Era stata lei a ordinargli di sbarazzarsi dei ragazzini e di seguire gli spostamenti della Gallerani. E lui non l'avrebbe mai delusa. Certo, sarebbe stato meglio non perdere di vista la dama, ma l'omino era sicuro che l'avrebbe rincontrata presto: quella stupida si fidava di lui. Anche Medusa aveva previsto fin dall'inizio che Cecilia si sarebbe rivolta a lui per risolvere il problema degli umani. Che genio! Aveva presagito ogni particolare e studiato tutto nei minimi dettagli, anche il tragitto da percorrere. Adesso c'era solo da sperare che il suo amico, nella cornice successiva, ricordasse la sua parte e non facesse brutti scherzi.

Questi erano i perfidi pensieri che occupavano la mente del signor Munch durante il suo falso riposo. Ma il tempo per riflettere era finito: sentì Vincent chiamarlo e simulò di ridestarsi. L'autoritratto lo aiutò ad alzarsi e lui si finse grato e imbarazzato per il fastidio che stava arrecando.

La ferita dell'omino non perdeva più tempera, così si misero in cammino. Gaia teneva Rocky in braccio, non aveva intenzione di perdere nessun altro.

Capirono di essere giunti alla fine del quadro quando si trovarono di fronte a due enormi cornici dorate, al di là delle quali sembrava proseguire il bosco, perché sui bordi era cresciuta vegetazione spontanea.

Vincent spiegò che erano come grandi specchi d'acqua e riflettevano ciò che avevano davanti. Gaia si avvicinò per verificare e vide il suo riflesso all'interno della cornice. Allungò la manina tremante e con un dito toccò un punto dello spazio liquido: centinaia di cerchi concentrici si irradiarono nell'area contenuta dalla cornice.

«Siamo arrivati» dichiarò Edvard. «Mi raccomando, parlate il meno possibile e fate fare a me, purtroppo il mio amico è un tipo un po' suscettibile. Ma io so come prenderlo e vedrete che saremo fuori di qui in un baleno.»

Vincent assentì, poi diede la mano a Gaia, mentre con l'altro braccio continuava a sostenere Edvard.

«Dove porta, invece, la cornice qui accanto?» chiese Gaia.

«Verso i dipinti di Arcimboldo. Si riconoscono subito, perché raffigurano uomini fatti di frutta, verdura e fiori. Ti piacerebbero» le spiegò l'olandese.

«Ho una fame! In questo momento mangerei qualsiasi cosa» borbottò la bambina e con lei il suo stomaco.

«Ti piacerebbero come persone, intendevo, non come cibo... ma vedremo di procurarti qualcosa da mangiare appena incontreremo l'amico di Edvard. Non ti preoccupare» concluse l'autoritratto.

Entrarono nella cornice, e fu subito buio pesto: l'aria era quasi irrespirabile, c'era un forte odore di vino che stordiva, mischiato a nauseabondo lezzo di sudore e vomito.

Un uomo se ne stava stravaccato su un triclinio, a bere vino e a ridere da solo. In testa aveva una corona di foglie di vite, edera e acini di uva, che adornava i folti capelli neri. Il viso era paonazzo, in contrasto con il colorito del corpo, che era bianco come la sua tunica. Davanti a lui c'era un enorme piatto di frutta, che Gaia aveva notato per primo. Osservando poi negli occhi quell'uomo ubriaco, la piccola si domandò se potesse davvero essere l'amico provvidenziale di Edvard, colui che li avrebbe salvati e riportati a casa. Possibile che un incarico così delicato fosse stato affidato a una persona così laida e avvinazzata.

Anche l'autoritratto sembrava interdetto e Gaia lo sentì protestare con l'omino.

«Mi prendi in giro? Pensi davvero che Bacco ci aiuterà?» disse Vincent a Edvard trattenendo sottovoce la rabbia.

«Vincent, ti devi fidare di me» rispose gridando l'altro. «Tranquillo ho un piano.»

«E quale sarebbe? Sappi che se non dovesse piacermi, faremo a modo mio!»

Edvard spiegò loro cosa aveva in mente: non sperava affatto che il dio del vino, nello stato in cui era, potesse riconoscerlo. Avrebbe sfruttato il suo tono di voce. Era alto e molesto, ma poteva renderlo ancora più spiacevole. Dava fastidio a loro, figuriamoci a Bacco che era completamente ubriaco. Pur di non sentirlo urlare, il dio del vino gli avrebbe detto tutto quello che sapeva.

«Sei sicuro che il tuo stratagemma funzioni?» chiese perplesso l'autoritratto.

L'omino annuì e, prima che l'altro potesse esprimere

ulteriori dubbi, si mosse zoppicando verso il triclinio. Così, si palesò dinanzi al dio greco, pronto a fare un baccano che non si era mai sentito.

«Salute!» strillò e, senza farsi vedere dai compagni di viaggio, ammiccò, sperando che Bacco si ricordasse di recitare la parte che avevano concordato insieme a Medusa.

Il dio scoppiò in una fragorosa risata.

«Calmati, bello. Che razza di modi sono questi? Per prima cosa abbassa quella voce!» biascicò. «Non vedi che ci sta una festa qui?»

«Vedo!» gridò ancora più forte Edvard.

«E allora porta un po' di rispetto e chiudi quella boccaccia» farfugliò Bacco con il tono alterato, tenendo gli occhi aperti a fatica.

Edvard si voltò allora verso Vincent e gli fece l'occhiolino, cercando di convincerlo che il piano poteva funzionare. L'autoritratto sorrise preoccupato.

«Non posso non urlare, divino Bacco. Perché questa è la mia voce» riprese l'omino. «Guardami bene, mi riconosci? Rispondi alle mie domande: sarò fuori dalla tua cornice in men che non si dica e non disturberò più la tua quiete.»

«Basta, bello, basta così, che mi fai venire il mal di testa... Sì, mi ricordo di te: sei coso... l'amico di quell'altro... Comunque, chiunque tu sia, non parlare più che non posso proprio sopportarlo» disse l'ubriaco dimenando il braccio dal triclinio. Bevve un lungo sorso di vino, che gli appesantì ulteriormente le palpebre.

«Come fai a non ricordarti di me?»

«E tu come fai a strillare tanto? Liberatemi da questo tormento! Ma chi lo ha fatto entrare?»

«Dove si trova il varco per la realtà?» intervenne Vincent, spiazzando Edvard. «Rispondi, e cerca di essere esauriente, o la prossima domanda te la farà di nuovo lui!»

«Ah, il varco? Voi siete qui per il varco? Bene, e che ci vuole? Io vi...» rispose il dio del vino, ma si interruppe, perché vide che l'omino stava per riaprire la bocca.

«Ti prego, divino Bacco, dicci la verità» urlò il signor Munch, sottolineando con enfasi l'ultima parola.

«Va bene, belli! Vi dico tutto, ma come siete permalosi» disse rivolto a Edvard. «Il varco per la realtà... sì, il varco che voi cercate si trova...» e s'interruppe per ruttare.

«Per favore, dio del vino, ci aiuti. Per noi è davvero importante» lo pregò Vincent, già spazientito.

«Certo che vi aiuto. Sono un dio generoso. Ma prima, ditemi un po'... tu questo scocciatore urlante lo senti meno perché hai un orecchio solo. Ma tu, bambina, che ce le hai tutte e due, come lo sopporti?» domandò Bacco, sganasciandosi e cambiando di nuovo argomento.

La bimba non rispose. Era nauseata dallo spettacolo squallido di gesti e di suoni sguaiati offerti dal dio del vino. Ed era anche infastidita dal terribile lezzo che infestava l'ambiente, tanto da essere tentata di tapparsi le narici con le dita.

«Dov'è il varco?» urlò Edvard come un ossesso, stordendo tutti e facendo tremare l'intero quadro.

Bacco trasalì terrorizzato e si toccò le orecchie per vedere se gli sanguinassero.

«Ma come sei molesto, bello mio... Sì, dunque, ve lo dico, il varco che cercate si trova in un quadro di Magritte, non mi viene il nome però... Potrei descriverlo... Dunque, c'è un albero con tre porte, la prima è semichiusa; nella seconda, mi pare, c'è una palla bianca: sì, bianca... e nell'ultima trovate una casa. Ecco sì... quello è il varco.»

«Ora, fatemi una cortesia, portate via questo pazzo dal mio banchetto!»

«Vogliamo un nome!» tuonò Edvard.

«Conosco il quadro... è La voce del sangue!» esclamò Vincent. Poi rivolgendosi a Bacco, con voce minacciosa, riprese: «Se non mi dici subito qual è la strada più veloce per raggiungere Babele, giuro che ti lascio il mio amico qui per sempre.»

«Babele dici?» rise il dio. «E chi te lo fa fare? No! Babele no, è pericoloso lì giù! Vi consiglio altre mete più suggestive... Tahiti?»

Ma Vincent rimase serio e rinnovò il suo ultimatum: «La via più breve. O vuoi che Edvard te lo chieda all'orecchio?»

«Tasto dolente, bello. Lo capisco. Se preferite Babele, da questa parte troverete una delle stanze di De Chirico e da lì Ulisse vi traghetterà fino a una porta. Passerete in un dipinto di cui non ricordo il nome. Non ricordo mai niente! Dovete perdonarmi... Comunque, il paesaggio è affascinante. Arriverete in una piazza con tre statue... da quel punto potrete vedere una casetta in cima a una rupe... Ricordate tutto? De Chirico, Ulisse, quadro che non ricordo, piazza con tre statue, piccola casetta... arrivati là entrate e sarete a Babele.» Riprese fiato. «Ora però portatelo via!»

Vincent acconsentì ma, prima di andar via, si avvicinò al dio e prese un po' di frutta dal suo piatto.

«Visto? Ce l'abbiamo fatta» disse Edvard tossendo. Sembrava stanchissimo e sofferente, davvero provato dal colloquio con Bacco.

«Era un buon piano, avevi ragione... è andato tutto liscio come l'olio» concluse l'autoritratto, ancora un po' dubbioso.

Era stato troppo semplice convincere il dio del vino, che tutti riconoscevano come una testa dura e un mascalzone. C'era qualcosa che a Vincent non tornava. Magari le indicazioni erano sbagliate o portavano dritte a una trappola. Bisognava tenere gli occhi aperti...

Arrivarono sani e salvi in prossimità dell'ingresso della stanza dipinta da Giorgio De Chirico. Qui Edvard chiese di riposarsi per pochi minuti, mentre Gaia approfittò della sosta per gustarsi la frutta presa da Vincent.

Capitolo 9
Onda su onda

Vincent scavalcò per primo la grande cornice dorata per aiutare Edvard e Gaia a oltrepassare l'ostacolo. Erano finiti in una camera arredata in modo assai inusuale. C'era un grosso armadio scuro sulla parete opposta all'entrata, con accanto una porta; a ridosso delle pareti laterali, invece, erano collocate, a sinistra, una poltrona sormontata da un quadro, a destra, una sedia bianca vicina a una finestra, che affacciava su un bel panorama.

Ma al posto del pavimento c'era un tappeto che pareva liquido, un rettangolo frastagliato di mare, mosso, oltretutto, dove un giovane uomo dai capelli scuri, con non poca difficoltà, tentava di dominare le onde facendo rotta con la propria barca verso la riva, tra schiume e cavalloni. E rispetto alla barca i mobili erano enormi.

Gaia si guardava intorno spaesata e incuriosita.

«Tutto bene? Le serve una mano?» chiese Vincent, rivolgendosi al marinaio sconosciuto.

«Che gli dèi ti proteggano, straniero. Ma straniero: io ti riconosco, tu sei l'autoritratto di van Gogh» disse quasi emozionato lo sconosciuto.

«Sì, sono io. E loro sono Gaia e Edvard. Tu devi essere Ulisse» rispose Vincent, volendosi fidare delle indicazioni di Bacco.

«Sì, sono Ulisse, re di Itaca, figlio di Laerte ed eroe della guerra di Troia» rispose quello gonfiando il petto.

«Conosco la tua storia. Sei famoso!» esclamò allora la bambina. «Tu sei quell'eroe che ha costruito il cavallo… e poi hai vagato dieci anni nel Mediterraneo per tornare alla tua isola affrontando mille avventure!»

«E ancora vago, fanciulla cara … Ma ditemi, cose vi spinge in questa stanza? Giungete in un drammatico frangente… Ho perduto entrambi i remi, caduti in acqua, forse, per la furia del mare. Ho raggiunto a fatica la riva, e giusto a tempo: si sta sollevando una tempesta» spiegò Ulisse, indicando l'orizzonte.

Gaia guardò verso il punto segnalato dall'uomo e notò che effettivamente la marea si stava alzando. Come era possibile? Erano in una camera, dopotutto.

«Dovremmo arrivare a quella porta, dall'altra parte della stanza. Puoi aiutarci?» riprese l'autoritratto, dopo aver afferrato l'asta di prua e aver aiutato Ulisse ad ormeggiare.

«È impossibile, il mare è oramai troppo grosso» sbuffò il marinaio. «Senza remi non ce la faremo»

Gaia suggerì «Potremmo provare ad arrivare a quella finestra.»

«Non è una strada che vi consiglio, da anni più nessuno la percorre. Porta all'Isola dei morti» disse Ulisse cupo, per dissuaderli.

«E dall'Isola dei morti arriviamo comunque a Babele?» s'informò allora Vincent.

«Sì, ma dicono sia un luogo orribile e pieno di insidie. Dovreste tenervene lontani. Non ho mai avuto brama di conoscerlo» rispose Ulisse magnanimo e benevolo.

Vincent chiamò a sé i suoi amici per consultarli di nuovo sul da farsi.

«Non abbiamo molte alternative. Ormai siamo qui e dobbiamo attraversare l'isola… Bacco ci ha ingannati!» concluse con rabbia l'autoritratto, ormai convinto che il dio volesse farli smarrire in quel quadro spaventoso.

«Sì, ma pur volendo affrontare l'isola, come facciamo ad arrivarci? Dobbiamo trovare un modo per raggiungere quella porta» osservò esasperato Edvard.

Anche lui era stato colto alla sprovvista, ma voleva in ogni caso attenersi al piano: Vincent e la bambina avrebbero varcato quella porta a qualunque costo. Visto che l'autoritratto di van Gogh credeva fosse quello l'inganno di Bacco, Edvard iniziò a ragionare su come sfruttare la situazione a suo vantaggio.

«Imbarchiamoci comunque» urlò l'omino. «Dobbiamo almeno tentare»

In effetti, non c'era altra soluzione.

Gaia, spaventata dal mare grosso e dall'instabilità della piccola imbarcazione, teneva stretto al petto il suo cagnolino. In che guaio si era cacciata! Aveva perso il cugino, doveva attraversare un mare in tempesta e stava per recarsi nell'Isola dei morti: il nome del quadro era tutto un programma.

L'idea di andare in quel posto non le piaceva per nulla, ma il desiderio di ritrovare Andrea le dava coraggio e la spronava a non fermarsi.

Salirono tutti a bordo e Ulisse, dalla riva, spiegò loro come si sarebbe svolta la manovra. Prima di entrare anche lui, avrebbe dato una forte spinta alla barca, in modo da farla arrivare alla sponda opposta, sul lato della sedia bianca che era sotto la finestra. Una volta lì, loro sarebbero scesi e lui sarebbe tornato indietro.

Edvard si illuminò.

«Tutto chiaro. Può funzionare» gridò eccitato.

Gli era venuta in mente un'idea che avrebbe comunque condotto a buon fine i piani dei cospiratori.

La barca ondeggiava come se fosse mossa da un mare in burrasca; Ulisse, trattenendola a malapena, domandò: «Siete pronti?»

Ma non aspettò la risposta, spinse lo scafo con tutta la forza che aveva e poco prima che si staccasse dalla riva, ci saltò dentro. La spinta lo condusse veloce fino alle gambe della sedia. Ulisse si ancorò con le braccia a una di esse, per consentire a tutti di scendere. Faceva un'enorme fatica che gli faceva digrignare i denti e tremare il corpo.

«Sono ferito e, se non vi dispiace, vado per primo» fece Edvard.

Gli altri acconsentirono. Staccandosi dalla barca, l'omino si aggrappò con un gesto veloce alla sedia bianca, e riuscì facilmente a salirci sopra.

«Gaia, tocca a te!» la incoraggiò Vincent.

Ma la bambina non fece in tempo a scendere: un'onda enorme investì la barca che fu sul punto di ribaltarsi. Gaia cadde in mare e Ulisse fu costretto a mollare la presa per afferrarla.

«Non ti lascio! Non ti preoccupare» le gridò l'eroe.

Impavido e generoso, Ulisse allungò le braccia, sbilanciandosi a pelo delle onde, e la sollevò nella barca.

Rimase sbalordito quando vide che Gaia non si era sciolta in mare, anche se le sue gambe erano rimaste immerse nell'acqua quanto sarebbe bastato. Vincent se ne accorse, ma capirono entrambi che non era il momento di discuterne.

La barca saliva e scendeva, in balia delle onde; Gaia, Rocky, Vincent e Ulisse erano sballottati ora da un lato ora dall'altro. La corrente li trascinava verso il centro del tappeto e non c'era modo di mutare la rotta. Ma ad un tratto la deriva si arrestò: Edvard, sporgendosi dalla sedia bianca, era riuscito ad afferrare il fianco della barchetta.

«Bravo, Ed!» gridò felice la bambina.

«Attento, amico mio, ricorda che sei ferito» gli disse preoccupato l'autoritratto. «Se non ce la fai, lasciaci andare, in qualche modo ce la caveremo.»

«Vi spingerò fino alla porta» strillò Edvard.

«Non puoi fare questo sforzo: potrebbe esserti fatale» protestò l'olandese.

«Non preoccupatevi per me, ormai sono solo un peso per voi. Buona fortuna!» gridò l'omino e spinse la barchetta più forte che poté.

«Edvard!» urlò disperato Vincent, assistendo impotente al sacrificio dell'amico.

Ma era già troppo tardi. La barchetta si era mossa e videro la sagoma del signor Munch che pian piano risaliva la sedia ed era sempre più lontano.

«Perché l'ha fatto, Vincent?» chiese Gaia triste.

«Credo lo abbia fatto per noi, per farci andare avanti» rispose tristemente l'autoritratto.

Poco dopo l'imbarcazione toccò la riva. Vincent si voltò per vedere se Edvard fosse ancora sulla sedia bianca, ma senza riuscirci: probabilmente l'omino aveva già attraversato la finestra.

Gaia notò una porta semichiusa; provò a sbirciare all'interno, ma dentro era tutto buio.

«Andiamo Vincent, per di qua!» disse la bambina, che desiderava arrivare a destinazione ed era ansiosa di salvare Andrea.

«Un momento!» intimò Ulisse. «Devi prima rendermi conto di ciò che è accaduto, Vincent!»

La bambina non capì. Vincent, invece, comprese immediatamente, chinò il capo e rivelò la verità a Ulisse.

«Gaia non si è sciolta» esordì, «perché non è un quadro: non è fatta né di tempera, né d'olio, né di pastello... è una bambina, un'umana» spiegò.

Poi gli raccontò della loro avventura, della loro missione e della cospirazione.

«Che inganno!» esclamò Ulisse. «Ecco perché non trovavo più i miei remi. Verrò con voi!» annunciò.

Vincent lo guardò sorpreso.

«Vuoi davvero affrontare questo rischio?»

«Non sono io Ulisse di Itaca, l'eroe della conoscenza, il celebre ideatore del cavallo di legno, scampato a mille avventure? Hanno scritto biblioteche su di me, non posso certo tirarmi indietro… disse stringendosi nelle spalle. Ma tornò subito alla fierezza eroica: «Avete detto che siete diretti a Babele… un luogo sconosciuto di cui ho brama di fare esperienza»

«Sì, mio cugino è tenuto prigioniero proprio nella torre di Babele e forse in quel posto c'è anche...» iniziò a dire Gaia.

«Probabilmente, anche la mia tela giapponese è lì» intervenne a interromperla Vincent, per paura che la bambina rivelasse il nome del quadro che conteneva il varco. Sapeva di non potersi più fidare di nessuno, figuriamoci dell'astuto Ulisse.

«Anche i miei remi devono essere lì. Li rivoglio!» esclamò Ulisse.

Si avvicinarono finalmente alla porta. «Andiamo» fece l'olandese.

Attraversarono la soglia della stanza di De Chirico e giunsero nella piazzetta di un paese sulla costa rocciosa d'una baia, al cui centro, su dei piedistalli di marmo, erano state poste tre severe statue di bronzo; delle case e torri affiancate e sovrapposte facevano da cornice ai monumenti. Anche qui le proporzioni erano alterate. Sulla balza opposta della baia, in bilico su rocce che la natura aveva accatastato in disordine c'erano due casette di legno e di paglia, come aveva detto Bacco. Era possibile che il dio avesse rivelato loro la strada giusta?

Vincent iniziava a credere che fossero finalmente scampati alla trappola del dio del vino, quando udirono un ruggito feroce provenire dal basso. Si sporsero con prudenza e in mare, presso la riva dell'insenatura, videro un gigantesco drago che spruzzava acqua dalle narici, contro una fanciulla impaurita, legata al tronco mozzo d'uno scoglio. Uomini e donne sulla spiaggia, riparavano gli occhi e il capo spaventati, altri, sul lato opposto, agitavano allegri dei rami di palma, accompagnati da strani strumenti musicali. Era difficile interpretare la scena. Il drago, creatura orribile, aveva un'enorme testa di cane, ma con enormi zanne appuntite, la criniera arricciata e squamosa, il corpo massiccio; la coda era lunga, come quella di un tritone e aveva delle zampe palmate e possenti da mostro acquatico.

«Quello è un drago...?» balbettò Gaia sconvolta.

«... marino» concluse Vincent.

Ulisse non parlava né ascoltava era rimasto ad osservare il dipinto con disappunto.

«Manca Perseo!» esclamò alla fine.

Il quadro rappresentava un episodio mitologico assai famoso e l'ingegno multiforme di Ulisse non poteva ignorarlo: il drago sta per divorare Andromeda, ma Perseo corre in suo aiuto e lo uccide. Erano in uno dei più straordinari dipinti di Piero di Cosimo, il pittore fiorentino del Rinascimento.

«Perseo o no, dobbiamo raggiungere quella casetta senza essere divorati dal drago» osservò Vincent, indicando agli altri la loro destinazione.

L'unica soluzione possibile era scendere fino al piccolo molo, prendere una delle due barche ormeggiate e raggiungere un attracco sulla scogliera di fronte.

«Saliremo quelle scale e saremo in cima al monte con le casette prima che il drago si possa accorgere della nostra presenza» concluse l'autoritratto.

«Ma senza Perseo che affronta il drago, il mostro è libero di muoversi e di attaccarci» obiettò l'eroe greco.

«Cosa ci consigli di fare?» gli chiese Gaia, che era affascinata dalla scaltrezza e dal coraggio di Ulisse.

«Potrei sfidarlo a combattere, non vi noterebbe» suggerì quello. «Non sarebbe la prima volta per me... ho già affrontato mostri della sua grandezza e li ho sempre sconfitti» dichiarò con orgoglio.

Vincent lo interruppe prima che iniziasse a fare l'elenco delle sue mille imprese. Rispose fermo che non si sarebbero mai divisi e non ci sarebbe stato modo di saggiare il suo eroismo. L'eroe si dispiacque, ma represse la sua smania di imprese per salvare i compagni. La bimba sorrise e l'autoritratto le fece l'occhiolino.

Scesero senza far rumore lungo la spiaggia e avanzarono fino al molo. Gaia, l'unica in grado di farlo senza riportare danni, entrò in acqua e recuperò la barchetta ormeggiata poco distante dalla riva. Remarono adagio per non rivelare al mostro la loro presenza. Rocky si era accucciato tra le gambe della bambina, che era seduta al centro, mentre, per bilanciare il peso, Vincent era a prua e Ulisse a poppa, con le braccia incrociate e un muso lungo così. Raggiunsero la scogliera, abbandonarono la barchetta e si avvicinarono al monte: il drago era ancora distratto dalla confusione sulla spiaggia e non si era mai voltato in quella direzione.

«A cosa ti servono quelli?» chiese Vincent a Ulisse, vedendo che aveva portato con sé i remi della scialuppa.

«Li ho presi nel caso in cui non dovessi riuscire a ritrovare i miei» si giustificò l'uomo.

«Ti daranno solo impiccio, dobbiamo arrampicarci fin lassù» osservò Vincent. «E poi sai che non è giusto rubare. Noi quadri onesti non lo facciamo!»

«Sono un eroe e... dall'ingegno aguzzo» ribatté l'altro e proseguì.

Affrontarono le scale e, quando i gradini si interruppero, aggrappandosi alla vegetazione, iniziarono lentamente a scalare la roccia; ma poco dopo un gran rumore li costrinse a bloccarsi.

«Cosa è stato?» domandò la bambina.

«Gaia, non guardare in basso!» la ammonì Vincent.

A Ulisse erano caduti entrambi i remi ed erano andati a fracassarsi sulle rocce in basso. Com'era facile aspettarsi, quel fracasso aveva attirato l'attenzione del drago, che aveva girato la testa e si era accorto di loro.

«Sali Gaia, sali veloce!» la spronò l'autoritratto spingendo la bambina verso l'alto e preparandosi al peggio.

Si arrampicarono cercando disperatamente di accelerare la scalata, ma il drago in un lampo fu sotto di loro. Rocky, attraverso la giacca di Gaia, ringhiò rabbioso, ma ciò non bastò a spaventare il mostro...

«È già qui, ci ucciderà!» gridò la bambina terrorizzata.

Il drago stava per aggredirli, quando Ulisse si staccò dalla parete, e lasciandosi cadere, piombò sul muso dell'animale. Così facendo, deviò la traiettoria dello spruzzo d'acqua lanciato dal mostro. Fu un attimo: Vincent calcolò la potenza del getto afferrò Gaia e si lanciò. Furono catapultati dal fiotto fino al vertice della roccia.

«Fico!» esclamò Gaia, completamente bagnata.

Ma impallidì quando si accorse che per Vincent quel tuffo non era stato affatto divertente: l'autoritratto era a terra, immobile, e c'era del colore dappertutto. Lo schizzo del drago lo aveva colpito in più punti.

«Dimmi cosa posso fare, ti prego!» chiese piangendo Gaia, mentre soccorreva l'amico.

«Non è poi così grave, sono solo ferite marginali... Non impressionarti: perdo tanto colore, perché sono dipinto da tante pennellate» le spiegò Vincent cercando di rassicurarla.

In quel momento arrivò Ulisse, con la tunica tutta macchiata e un gran sorriso stampato sul volto. Mimò le gesta eroiche appena compiute e mostrò fiero i bicipiti.

Ben presto anche lui, però, si rese conto della situazione e mormorò con un filo di voce: «Per gli dèi dell'Olimpo! Non fossi stato così testardo... Vincent, cosa vuoi ch'io faccia?»

«Aiuta Gaia a ritrovare suo cugino Andrea e trova Cecilia Gallerani…» rispose Vincent tremando.

«La scorterò fino a Babele, e dovunque sarà necessario. La proteggerò io!» promise Ulisse.

Gaia non capiva. Piangeva e si guardava intorno sconsolata. Aveva le mani macchiate dal colore perso da Vincent, e senza accorgersene, per asciugarsi le lacrime, si era sporcata il viso.

«Così conciata poi... nessuno penserà che sei un'umana…» riprese Vincent per sdrammatizzare. «Che bel travestimento che hai adottato!»

Poi chiuse gli occhi, esausto.

Ulisse rimase a guardarlo in attesa di decidere poi lo prese sulle spalle.

«Lo porteremo con noi» annunciò a Gaia.

Gaia sospirò commossa e smise di piangere.

«Davvero?» chiese sbarrando gli occhi.

«Non si abbandonano i compagni.»

La bambina si fece coraggio, si rialzò e riprese a camminare accanto a Ulisse. Insieme si diressero verso la casetta in cima al colle ed in breve individuarono il passaggio.

«Quella dovrebbe essere l'entrata per Babele» affermò Gaia, cercando di ricordare le parole del dio del vino.

«Mostrami la strada» disse l'eroe acheo.

Capitolo 10
La missione delle Quattro stagioni

Già da un po' Autunno si sentiva osservato. Così ogni tanto si voltava e di sottecchi inquadrava il nuovo compagno di viaggio, inquieto per gli sguardi lunghi e intensi che gli tributava.

«Mi guarda come se mi volesse mangiare» confidò nell'orecchio a Primavera.

«L'ho notato anch'io…» rispose sottovoce l'altro.

«Non mi è ancora chiaro da che quadro provenga» intervenne mormorando Inverno.

«Vogliamo finirla!» intimò loro Estate, lanciando a sua volta un'occhiataccia ai suoi fratelli. «Sempre a chiacchierare voi tre! Da questo momento in poi vi ordino un silenzio assoluto. Non vorrete mica disturbare la lezione del dottor Tulp» disse poi in tono di sfida, accennando un sorriso ambiguo.

Primavera alzò gli occhi al cielo e chiuse la bocca.

Andrea, invece, tirò un sospiro di sollievo: aveva colto qualche passaggio dei precedenti discorsi delle tre stagioni e, in particolare, i commenti sulla sua provenienza. Ma per fortuna, ancora una volta, era riuscito a rimandare il momento in cui avrebbero scoperto chi era. Come avrebbero reagito? Probabilmente lo avrebbero allontanato o denunciato, così come avrebbe voluto fare Vincent, prima di diventare suo amico. Ripensò poi a ciò che aveva sentito dire da Estate: di sicuro aveva pronunciato le parole "lezione" e "dottor Tulp". Forse stavano entrando in una scuola. Guardandosi intorno cercò di capire meglio in che quadro erano finiti. Si rese conto presto che si trattava probabilmente di una lezione di anatomia. Il dottor Tulp doveva essere quel signore vestito di nero, con il cappello in testa e il pizzetto. Gli altri personaggi erano di sicuro i suoi allievi, Andrea ne contò in tutto sette. Indossavano anche loro degli abiti lunghi e neri con dei pomposi colletti bianchi. Osservavano e partecipavano attenti alla lezione, mentre il professore mostrava loro i tendini del braccio sinistro del cadavere che stavano studiando.

Che scena disgustosa! Andrea avrebbe voluto superare alla svelta quella buia aula, ma i suoi quattro compagni di viaggio avevano invece rallentato.

Primavera procedeva in punta di piedi, Estate muoveva passi piccoli piccoli, spingendo al contempo la botte di Autunno, che ci si era addirittura chiuso dentro. Inverno si era invece steso a terra.

«Fate come me» sussurrò agli altri l'uomo di rami, mentre proteggeva con le mani la sua cravatta di limoni, affinché non si sporcasse al contatto con il pavimento polveroso dell'aula. «Stendiamoci a terra e procediamo strisciando. Così non daremo fastidio.»

Era chiaro che non bisognava disturbare. Era ciò di cui si era raccomandato poco prima Estate. Andrea non riusciva a comprenderne bene il motivo. Immaginava soltanto che quel dottor Tulp dovesse essere molto severo, e allora si piazzò, a scanso di equivoci, dietro Inverno e continuò a camminare seguendo il suo ritmo.

Zitti zitti, cercarono di superare il gruppo degli allievi senza essere notati e senza far rumore.

«Siete qui per la lezione?» chiese una voce solenne alle loro spalle, cogliendoli di sorpresa.

Rimasero immobili, come se fossero stati sorpresi a rubare.

Estate, in qualità di loro rappresentante, si sentì in

dovere di voltarsi e rispondere qualcosa.

«Veramente saremmo solo di passaggio... Quindi, non badate a noi. Anzi fate conto di non averci mai visti: saremo via di qui in un batter d'occhio» provò a sostenere.

«Non vorrete mica perdervi la lezione del dottor Nicolaes Tulp?» si scandalizzò uno degli studenti.

«Noi? Faremmo proprio di tutto per assistere, ma purtroppo…» provò a dire Estate.

Ma le sue scuse imbarazzate furono nuovamente interrotte, questa volta dal dottore in persona.

«Cosa succede qui? Ritardatari, eh? Vi sembra questa l'ora di arrivare in classe?»

«Appunto, visto che si è fatto così tardi, è meglio che per oggi lasciamo stare» disse Primavera. «Ci scusiamo per l'interruzione, ma voi andate avanti, non vi preoccupate per noi.»

«No!» tuonò il docente. «Ormai ci avete interrotto. E per oggi farò un'eccezione.»

Inverno trasalì.

«Grazie mille, dottore. Siamo onoratissimi, ma non vorremmo approfittare…»

Il professore sbuffò. Poi, dopo aver staccato per un attimo le mani dal cadavere, concluse: «La mia classe è sempre aperta per chi ha sete di sapere. Potevate dirlo da subito che eravate qui per la lezione.»

«Veramente dovremmo...» replicò imbarazzato Primavera, ma prima che potessero dire altro, gli studenti li avevano già circondati. In pochi minuti li vestirono con delle tuniche nere uguali alle loro.

Ad Andrea dava fastidio quel colletto così ingombrante sotto il mento e si sentiva ridicolo con quell'abito troppo lungo, che gli andava continuamente sotto i piedi. Gli ricordò un fastidioso vestitino che gli aveva fatto indossare la madre durante una recita scolastica.

Non gli era chiaro perché le Quattro stagioni si fossero lasciate convincere ad assistere a quella lezione senza protestare.

Il ragazzo odiava il sangue e i dottori, e soprattutto non poteva sopportare una giornata in classe. Perciò decise che se ne sarebbe stato in disparte, dietro tutti.

Quando il dottore riprese a spiegare, tutti gli allievi si proiettarono sul cadavere e quando uno degli studenti cercò di spingere anche Primavera con il naso sul corpo del defunto l'uomo di fiori cercò nuovamente di esprimere la sua ritrosia a quel contatto.

«Trovo che l'anatomia sia uno dei rami più interessanti della medicina» iniziò, catturando l'attenzione dei presenti. «Ma non possiamo trattenerci molto.»

«Pinze!» disse con tono deciso il dottor Tulp, ignorando il commento di Primavera. Poi cominciò a spiegare: «Esaminiamo il tendine sinistro, signori. Vedete come la vena... »

La lezione era ripresa, e il professore parlava, parlava senza fermarsi mai, esibendo alla classe brandelli di carne e ferri chirurgici sporchi di sangue, tra gli sguardi sconcertati di Andrea e delle stagioni e quelli ammirati degli allievi.

Era già passato del tempo e ora il dottore sembrava propenso a interrogare.

Con un cenno della testa, Estate fece capire agli altri che era il momento di svignarsela: gli studenti erano ipnotizzati dalle parole del Maestro e, se si fossero allontanati, nessuno se ne sarebbe accorto.

Le Quattro stagioni e Andrea, silenziosamente, si distaccarono dal gruppo indietreggiando lentamente, ma sempre rivolti con lo sguardo al professore e al suo banco delle autopsie, in modo che se qualcuno degli studenti si fosse girato verso di loro, avrebbero potuto bloccarsi.

Quando furono abbastanza lontani da poter parlare, Estate trasalì: «Ogni volta che passiamo da qui ci ricasco!»

«Ogni volta?» chiese Andrea.

«Mio caro, avrò assistito a un centinaio di lezioni. Ogni volta che vengo in questo Rembrandt mi succede. E sai qual è la cosa peggiore? Ogni volta è la stessa lezione, ormai la sappiamo a memoria.»

«Non avevi mai sentito parlare del dottor Tulp?» gli domandò Primavera, mentre si avviavano all'entrata della cornice successiva.

Andrea, stordito dall'assurdità della situazione, rispose di no. Le stagioni si guardarono perplesse, poi Autunno prese coraggio e gli disse: «A volte ho come l'impressione che tu voglia mangiarmi!»

«Non sei mai andato in un campo di Monet e non conosci il dottor Tulp... » aggiunse Primavera sospettoso.

«Sì, sei proprio un tipo strano» continuò Inverno. «Ma a quale corrente pittorica appartieni?»

Andrea spalancò la bocca ma non riuscì a dire nulla. Non sapeva come giustificarsi, né che cosa poter inventare di nuovo.

Estate, vedendolo in difficoltà, parlò al suo posto per liberarlo dall'imbarazzo: «Ma ancora non avete capito che è un umano?»

I tre si bloccarono esterrefatti, Andrea si coprì il volto con una mano.

«Non volevo ingannarvi, davvero» si giustificò.

«Lo so. E non temere, giovanotto, il tuo segreto è al sicuro con noi. Ma perché non l'hai detto da subito?» chiese Estate rassicurandolo.

Andrea capì che non aveva altra scelta: si fece coraggio e iniziò a raccontare. Disse di lui e di Gaia, dell'incontro con Cecilia Gallerani, con Vincent, del colloquio con il Viandante e del tradimento di Edvard; li aggiornò su quanto sapeva della cospirazione dei quadri. Le Quattro stagioni erano sbalordite: mai si sarebbero aspettate una storia del genere, e da un umano poi! Ma Andrea non disse come era arrivato nel loro mondo e mantenne la promessa fatta a Cecilia.

Autunno si staccò dalla testa un grappolo d'uva e lo porse con un gesto incerto ad Andrea.

«Hai fame? Prendi» disse.

«Ti ringrazio, ma non posso accettare» rispose Andrea preoccupato.

«Non preoccuparti, mi ricresce subito. Era da un po' che volevo darmi una sfoltitina» prese a scherzare il signor uva.

Il ragazzo sorrise sollevato: si era tolto un gran peso dalla coscienza.

«Non sono un granché come quadro» considerò e rise timidamente.

«Ho capito che non eri un quadro fin dall'inizio, ma ti ho lasciato fare» disse Estate ridacchiando. «Piuttosto dovremmo pensare a un travestimento. Non puoi pensare di passare inosservato fino a Babele.»

«Già, potrebbe essere pericoloso. C'è chi non gradisce la vostra presenza qui» spiegò Primavera.

«È addirittura vietato dalla legge!» puntualizzò Autunno.

«E allora perché mi volete aiutare?» domandò Andrea.

«Perché le leggi sono emanate da un consiglio di Legislatori corrotti» precisò Estate. «Ormai ci comportiamo da gente di campagna, seguiamo le regole della nostra coscienza e ci fidiamo poco di chi comanda.»

«Be', non sempre chi comanda è corrotto. E, comunque, voi come fate a sapere che questo consiglio è corrotto?» domandò Andrea, sentendo che qualcosa gli sfuggiva.

«Perché un tempo anche noi eravamo Legislatori» sospirò Autunno «membri onesti e stimati del Tribunale.»

Il ragazzo sollevò entrambe le sopracciglia manifestando tutto il suo stupore; la mano destra iniziò a tremargli senza controllo: era nervoso.

Estate avvertì la sua apprensione gli assicurò che non volevano arrestarlo né denunciarlo. Poi cominciò a raccontare.

Secoli prima un terribile incendio aveva devastato il Tribunale dell'arte. Si erano perduti numerosi documenti segreti sulla gestione e le leggi del regno. Nessuno ebbe il coraggio di indagare. Dopo quella notte, i membri del consiglio cominciarono a prendere decisioni nocive e incomprensibili: erano stati corrotti. Loro, le Quattro stagioni, avevano deciso di resistere e di non abbandonare l'incarico. Avevano chiesto a uno dei loro fratelli, avvocato, di indagare segretamente sul rogo. Le prove erano state raccolte in un libro, che però era sparito alcuni giorni prima dell'arrivo di Andrea. Non era l'unica sottrazione sospetta e avevano deciso di investigare personalmente. Dietro le sparizioni l'avvocato aveva colto lo zampino di Medusa. Era stato lui a sostenere l'accusa contro lo scudo, in un processo passato alla storia del mondo dei quadri, riconoscendone il modus operandi e le malvagie intenzioni.

«State forse parlando di quel processo in cui si voleva stabilire che Medusa non è un quadro?»

«Esatto, figliolo. Per questo ora abbiamo abbandonato il consiglio. Il nostro fratello ci ha affidato il compito di arrestare Medusa, e questo è il mandato con il quale ci presenteremo da lei per fare giustizia» dichiarò Inverno, sfilando un papiro arrotolato dalla botte di Autunno.

L'uomo di rami porse il documento ad Andrea, che si sentì investito di un grande onore ad osservare da vicino quella scrittura. Inverno era il suo preferito: parlava poco ma quando lo faceva, si esprimeva senza giri di parole. E poi profumava di limoni.

«Leggi pure» disse Primavera.

Andrea sciolse il laccio rosso che sigillava la pergamena e la srotolò.

Tribunale dell'Arte
Atto di citazione

Testa di Medusa, dipinta nel 1597 da Michelangelo Merisi da Caravaggio, è invitata a comparire dinnanzi all'intestato Tribunale con invito a costituirsi ai sensi e nelle forme stabilite dall'art. 2 del C.C.D.A. nel termine di venti giorni prima dell'apertura della Grande Mostra, con avviso che la costituzione oltre i suddetti termini implica la decadenza dell'art. 6 del C.C.D.A. e, inoltre, con avviso che in caso di mancata costituzione si procederà in contumacia.

«Non è molto chiaro» commentò il ragazzo arricciando il naso «e non so quanto possa esservi utile. Pensate davvero che Medusa vi seguirà senza fare storie, solo perché avete un pezzo di carta che la cita in giudizio?» chiese con un velo di sarcasmo.

«Be' no... ma almeno questo documento ci autorizza a catturarla. Nessun quadro che si rispetti può prendere iniziative di questo tipo senza ragione legale, intendo senza un vero mandato, protocollato e controfirmato» spiegò Estate.

Andrea non era convinto, ma sorrise e si mostrò rispettoso delle regole del diritto. Si ripromise di approfondire l'argomento, una volta che si fossero calmate le acque.

«Adesso sarà meglio ricomporsi e andare» suggerì Primavera che, vestito com'era, non si trovava a suo agio.

Spogliate delle tuniche nere, le Quattro stagioni, si divertirono a camuffare Andrea con foglie, frutta e verdura.

«Guardate che capolavoro!» esclamò Primavera entusiasta.

«Che stagione sarei?» chiese Andrea perplesso.

«Sei un quadro di Giuseppe Arcimboldo, non sei una stagione! Tutti noi siamo stati dipinti così» disse Autunno facendogli l'occhiolino. «Puoi essere chi vuoi!»

«In marcia ora!» disse Estate spronandoli. «Dobbiamo trovare la dama Cecilia Gallerani.»

Furono investiti da una luce verde e d'un tratto si ritrovarono a camminare lungo un sentiero, delimitato da entrambe le parti da una staccionata in legno.

«Dove siamo ora?» chiese il ragazzo, stupendosi di come si fosse abituato ormai a passare da un quadro all'altro, mentre osservava il piccolo centro abitato alla sua sinistra.

«Siamo a Vitebsk, in Bielorussia» specificò Estate.

In quel momento Andrea sentì la mancanza di Gaia, che gli avrebbe spiegato dove era la Bielorussia, quali erano i suoi confini e l'anno della sua indipendenza dall'Unione Sovietica. Sperava che sua cugina stesse bene e che non fosse spaventata. Presto l'avrebbe ritrovata e riportata a casa.

«Ehi ragazzi!» si sentirono chiamare.

Andrea si voltò alla ricerca di qualcuno. Poi notò che lo sguardo delle stagioni era rivolto in alto, alzò gli occhi e vide un uomo e una donna abbracciati, che volavano qualche metro sopra le loro teste.

«Volano?»

«Sono Marc Chagall e sua moglie Bella Rosenfeld.

Salutali» gli rispose a denti stretti Primavera mentre si sbracciava.

Andrea accennò un sorriso e li salutò con la mano.

«Bentrovati, signori Chagall. Come state? Scusate l'intrusione, ma stiamo andando a Babele» gridò Estate per farsi sentire lì in alto. «Avete visto per caso passare da queste parti la signorina Gallerani?»

«Hai visto, Marc? Te lo avevo detto che era lei!» considerò soddisfatta la moglie di Chagall mentre fluttuavano nel cielo lattiginoso.

«Sì, l'abbiamo vista tempo fa, ma non eravamo sicuri fosse lei. Non aveva con sé l'ermellino, e la cosa mi è parsa strana» si scusò Marc.

La moglie fece una smorfia.

«Che peccato! Se l'avessi riconosciuta, l'avrei aggiornata sugli ultimi pettegolezzi» disse seccata al marito.

Chagall riprese, scuotendo la testa: «Posso dirvi che andava di fretta e che era diretta verso l'Isola dei morti, direi.»

Estate lo ringraziò per l'aiuto e, rivolgendosi ai compagni disse: «Possiamo ancora raggiungerla, se ci sbrighiamo. Accorceremo il percorso passando per la camera di De Chirico.»

«Non vi conviene passare da lì» suggerì Bella. «Hanno annunciato burrasca»

Autunno sbuffò interdetto.

«Vi guideremo noi, non vi preoccupate, da quassù possiamo vedere lontano» li confortò Chagall.

«Per noi va bene, ma sicuro che non vi sia di disturbo?» domandò Estate in tono gentile.

«Ma per carità!» rispose la donna. «Siamo sempre qui sospesi a sorridere e ad abbracciarci senza far nulla, un giretto ogni tanto può farci solo piacere.»

Così partirono all'inseguimento della dama senza ermellino, determinati a raggiungerla il prima possibile.

Marc e Bella dall'alto controllavano che tutto intorno a loro fosse tranquillo, a volte si allontanavano precedendoli lungo la strada che costeggiava il paese. Galleggiavano nell'aria sinuosi e leggeri, come palloncini abbandonati al vento.

Andrea non vedeva l'ora di incontrare Cecilia, nonostante i piccoli malintesi che si erano creati in precedenza. Sperava che grazie a lei avrebbe potuto raggiungere la cugina, perché la dama si era sempre dimostrata attenta e premurosa e aveva promesso loro che non li avrebbe abbandonati.

Arrivarono in una piazza polverosa, deserta e arresa al silenzio.

«Dove sono finiti tutti?» chiese Primavera sbalordito.

Anche Estate, Autunno e Inverno sembravano sorpresi.

«Sono già tutti a Babele da un pezzo» affermò con sicurezza il signor Chagall. «Sono stati forse i primi a partire. Anche loro cercano Medusa.»

«Coraggiosi» commentò Primavera.

«E dotati di un ottimo senso civico» aggiunse Autunno.

«Con tutto quello che si sente in giro...» disse Bella. «Povera gente! Sempre a lavorare e a sudare; anni e anni chiusi in un magazzino! Poi, la tragedia del bambino...»

«Cosa? Cosa è successo al bambino?» chiese allarmato Primavera.

«Sono partiti per primi, perché pare che dal loro quadro sia sparito un neonato!» incalzò Bella.

Andrea non capiva nulla e in più gli era venuto il torcicollo a tenere sempre il naso all'insù per guardare i due sposi svolazzanti. Dai commenti seguenti intese che stavano parlando di un gruppo di braccianti che di solito marciava lungo quella strada. Erano nel Quarto stato e quella era la piazza di Volpedo, un paesino piemontese in cui era nato l'autore dell'opera: Giuseppe Pellizza.

Ciò che più colpì il ragazzo, oltre alla sparizione di un lattante dalle braccia della madre, era la faccenda del magazzino, di cui aveva parlato già Edvard. Forse esisteva un nesso che lo legava ai congiurati, ma non aveva ancora gli elementi necessari a capirlo e a muovere accuse.

«Eccola lì! Vedo Cecilia!» Marc si animò indicando alla moglie un punto lontano dell'orizzonte.

«Sì, deve essere lei!» affermò Bella. Poi, aguzzando lo sguardo, osservò: «C'è qualcosa di strano... Non riesco a capire cosa sia quella macchia bianca»

«Non vedo bene neanche io. Avviciniamoci... Su, voi laggiù, allungate il passo!» urlò Chagall, poi riabbracciò la moglie e volò con lei verso nord.

Andrea alzò lo sguardo e li vide allontanarsi verso quello che sembrava l'occhio di un ciclone.

Capitolo 11
La piccola torre di Babele

Gaia attraversò facilmente la porticina della casetta, mentre Ulisse, che trasportava Vincent sulle spalle, la seguì a fatica: abbassò la testa, poi il busto gravato dal carico e varcò la soglia lateralmente, per non far urtare agli stipiti l'autoritratto, ancora privo di sensi. Quando fu anche lui dentro, trovò Gaia incantata a osservare la torre imponente che si innalzava di fronte ai loro occhi. La costruzione era mastodontica, un altissimo tubo proiettato verso il cielo a spirale. Si sviluppava su otto piani, dotati di portali e finestre tutte diverse fra loro. Sulla cima dell'edificio regnava il caos: l'opera era ancora in costruzione. Le nubi, che lambivano la torre, parevano minacciose e facevano presagire aria di tempesta.

«Così questa è Babele» disse la bambina impressionata dalla maestosità della torre.

«La Torre piccola di Babele» precisò Ulisse.

Cominciò a spiegarle che Pieter Bruegel aveva dipinto due versioni di quel soggetto e che loro stavano ammirando quella meno famosa. Prima di poter concludere la spiegazione, Ulisse tacque attirato da un bagliore. Stava succedendo qualcosa: si udirono grida alla base della torre e il suono metallico di spade e scudi che si scontravano.

La battaglia era già iniziata, qualcuno stava assaltando l'edificio e le armate dei quadri di Paolo Uccello, reduci dalla Battaglia di San Romano, si erano poste a difesa di Babele.

L'eroe depose delicatamente Vincent a terra poi, mentre dall'alto osservava i luoghi e concepiva i suoi piani, si rivolse a Gaia.

«Ci avvicineremo passando sul lato sinistro. Per di là, vedi?» le disse, indicando la strada che portava alla valle. «Lì dovremmo trovare un luogo sicuro dove lasciarvi al riparo, così io potrò andare a cercare tuo cugino. Stai tranquilla, presto tutto si risolverà.»

Ulisse era davvero l'eroe tenace e valoroso di cui Gaia aveva letto tante mirabili gesta nei suoi libri. La bambina si sentì al sicuro.

Scesero a valle, facendo attenzione a non essere visti, e si appostarono nei pressi di una radura al centro di un piccolo bosco, non troppo distante dal campo di battaglia e ben riparata dagli alberi alti e fitti.

Era il luogo giusto per seguire l'azione dello scontro. Bisognava comunque tenere gli occhi aperti.

«Al riparo!» un grido infranse la quiete e in pochi istanti quello spazio nascosto fu invaso da una folla di strani personaggi, con la barba lunga e i vestiti logori e impolverati, che cercavano riparo in quello stesso luogo.

Accanto a Gaia si accucciò una donna che indossava un costume candido e largo, dal colletto immenso, ed aveva i capelli intrecciati a fiori, farfalle e pettinini; aveva tatuata sulla fronte la faccia di un uomo, le sopracciglia folte e non curate che si univano in una linea continua e spessa che faceva da base al volto maschile. La bambina notò che la donna sfoggiava un accenno di baffi.

«È stato colpito?» le domandò la donna vedendo Vincent, sopraffatta dall'agitazione del momento.

«No, o meglio... non qui» rispose Gaia.

Una dozzina di lance di ferro piovvero dal cielo e si conficcarono sul terreno a pochi metri da loro. Dai cespugli del bosco sbucò un'altra donna, con la bandiera francese nella mano destra e un fucile nella sinistra. Quando si voltarono a guardarla iniziò a esortare tutti alla carica.

Dietro di lei avanzò un piccolo esercito di uomini, in mezzo ai quali Gaia scorse un borghese con cilindro e finanziera, armato di fucile, e un bambino con due pistole e una lunga bandoliera. La donna con la bandiera ordinò agli uomini di sparpagliarsi e nascondersi tra gli alberi.

«Soldati! Preparate le vostre armi. Posizione. Caricate, puntate e...» urlò sollevando la sua bandiera.

Il rumore freddo e meccanico dei fucili che venivano caricati fece venire a Gaia la pelle d'oca.

«Tappati bene le orecchie» le consigliò la signora con le sopracciglia unite.

«Fuoco!» comandò la donna armata.

Un rumore assordante e continuo costrinse la bambina a nascondere la testa tra le ginocchia, nonostante avesse ancora i tappi nelle orecchie.

«Devo andare!» annunciò la donna con le farfalle nei capelli. «Se le cose si mettono male, non esitate a fuggire» raccomandò e si allontanò correndo.

«Chi era quella con i baffi?» chiese la bambina ad Ulisse.

«Era Frida Kahlo! Grande donna, grande combattente! E le persone che vedi qui intorno sono i contadini del Quarto stato» rispose il greco.

«E quell'altra laggiù?» domandò sempre più curiosa.

«Intendi quella?» chiese l'eroe, indicando la donna con la bandiera. «Oh, quella è la Libertà che guida il popolo! È la Francia che combatte l'oppressione. Gli amici la chiamano Marianne.»

«E quel signore con il cilindro?»

«Non è il momento di fermarsi a giocare, Gaia! Ricordati che anche se sei una bambina, ora sei una di noi» le rispose Ulisse.

Fece per alzarsi ma si riabbassò di scatto, vedendo che tutti correvano nuovamente al riparo. «Che nessuno guardi!» ordinò Frida, riaffacciandosi alla radura. «Copritevi gli occhi!»

Gaia con una mano coprì il muso di Rocky con l'altra la faccia di Vincent e strinse forte le palpebre. Poco dopo si sentì chiamare.

«Non aver paura, Gaia, apri gli occhi! Il pericolo è passato» la rassicurò Ulisse.

«Cos'è successo?» chiese la bambina.

«Frida ha visto che la Gorgone aveva rivolto gli occhi verso di noi. Il suo sguardo, anche da lontano, è in grado di pietrificare chiunque. Per questo tutti i quadri che vedi si sono riparati qui, dietro gli alberi, dalla Gorgone.»

«La Gorgone?» domandò Gaia.

«Sì. Medusa è una Gorgone, un mostro mitologico, con i serpenti al posto dei capelli, le ali d'oro, gli artigli di bronzo e lo sguardo che ti trasforma in pietra.»

«Davvero? E come faremo a resisterle? Siamo spacciati.»

«No. Medusa è mortale, l'unica di tre sorelle, anche se è la più temibile e la più feroce. Un tempo fu bellissima e fu sedotta da Poseidone in un tempio dedicato ad Atena. La dea li scoprì e punì la ragazza trasformandola in una creatura mostruosa e impossibile da guardare… Incarna la corruzione intellettuale ed è stata molte volte rappresentata dagli artisti, specialmente dagli scultori.»

Non c'era tempo di aggiungere altro. Dovevano mettersi al riparo, perché lo sguardo di Medusa stava tornando a volgersi su di loro. Ma così non sarebbero mai riusciti ad avvicinarsi. Ulisse non riusciva a capire quale fosse il piano d'azione dei combattenti raccolti nella radura. Preoccupato, rivolse a Frida tutte le sue perplessità.

La donna gli spiegò che la strategia era stata suggerita dal Viandante nel consiglio dei legislatori: resistere il più possibile, per dare al consiglio il tempo di riflettere sulla situazione e di organizzare un piano d'azione strutturato e definitivo.

«È un'idea ridicola, ci farà massacrare!» protestò severo l'eroe.

«Questi sono gli ordini e, per adesso, non abbiamo alternative» rispose Frida.

Un ruggito rabbioso, che proveniva da dietro gli alberi, mise fine alla conversazione.

«Vado a vedere» annunciò Frida.

«Vado con lei» disse Ulisse a Gaia. Gaia annuì.

Fece finta di star buona e immobile: sarebbe stato più facile assecondarlo e seguirlo poi, piuttosto che chiedergli di portarla con sé. Appena si allontanarono, legò il guinzaglio di Rocky ad un albero con un bel nodo stretto, poi si rivolse al cane: «Devi fare la guardia, Rocky. Se qualcuno si avvicina a Vincent tu abbaia, hai capito?»

Il cane abbaiò e leccò la manina della padrona.

Gaia si diresse a passo svelto verso gli alberi dove si erano nascosti gli altri. Ne scelse uno, poco dietro quello dove si erano riparati Frida e Ulisse. Da lì aveva una visuale completa del campo di battaglia.

La torre era difesa da linee di cavalieri in armatura che portavano lance e issavano al vento stendardi. Davanti a loro c'erano soldati a piedi, con corazza e maglie di ferro, che stavano respingendo un gruppetto di uomini armati di asce, forconi e mazze di fortuna.

Gli spari che partivano dal bosco, riecheggiavano per tutta l'area: in mezzo a quello sciame grigio di soldati e cavalieri si ergeva un gigante dalle sembianze umane, ma dalla forza di un dio, che schiacciava tutto ciò che gli veniva sotto. Erano certo sue le spaventose impronte che avevano trovato sulla spiaggia di Dalì!

Si vedevano volare uomini e cavalieri. Gaia si coprì gli occhi quando scorse il mostro che afferrava un uomo e lo divorava in un sol boccone. Che inferno era quello? Pensò al cugino che si trovava solo, nella torre…

«Povero Andrea...» disse senza rendersene conto.

Riconoscendo la voce di Gaia, Ulisse si voltò di scatto e si diresse incollerito verso di lei.

«Ti avevo chiesto di rimanere lì... qui è troppo pericoloso per te! Non lo capisci?»

La bambina era ancora troppo spaventata per rispondere a tono.

«Chi… chi è quello?» balbettò.

Ulisse sbuffò.

«È Saturno, nella versione di Goya, una delle immagini più tremende del dio che divora i propri figli» disse, pacificato da una pazienza nuova, quando vide il terrore negli occhi della bambina. «Ora è meglio che ritorni da Vincent.»

Gaia fece di sì con la testa e si alzò in piedi, ma non riuscì a compiere un passo, perché il suolo cominciò a tremare. Il mostro si stava dirigendo verso di loro.

«Mirate alla testa!» gridò Marianne da lontano.

«Abbattetelo!» li incitò Frida.

Ma il Saturno non sembrava preoccuparsi dei colpi che gli arrivavano addosso. Lentamente, ma inesorabilmente, si stava avvicinando e spazzava via con le mani tutto ciò che si contrapponeva tra lui e il boschetto. Ulisse non esitò un istante e gli corse incontro, inseguito dalle grida di Gaia che lo supplicava di fermarsi.

Sollevandosi sulle lance conficcate nelle gambe del colosso e afferrandosi alla sua chioma come a una fune, l'eroe si arrampicò sul corpo gigantesco del dio e gli fu al collo prima che potesse avvedersene. Saturno iniziò a dimenarsi tentando di scrollarsi di dosso Ulisse, che, avvinghiatosi al collo, tentava di strozzarlo con la forza di tutte e due le braccia. Il dio si lasciò allora cadere al suolo, per provare a schiacciarlo con il suo peso, ma Ulisse intuì la mossa e si scansò per tempo. Si riparò dietro a un soldato trafitto a terra da una lancia, giusto il tempo di riprendere fiato. Ma nel frattempo Saturno si era rialzato e afferrò insieme il soldato esanime e l'eroe. Ulisse cercò di liberarsi dalla presa, ma ormai era stretto nella morsa della mano gigante.

Frida e Gaia assistevano impotenti alla scena, mentre un gruppo di soldati francesi era pronto a far di nuovo fuoco.

«Non sparate, colpireste anche lui!» intimò Frida.

Ulisse era sempre più vicino alla bocca di Saturno. Il titano era sul punto di addentarlo.

«Farò di te un solo boccone!» lo minacciò, poi aprì le sue putride fauci insanguinate per dilaniarne le carni.

Ma Ulisse estrasse la lancia dal corpo del soldato stretto con lui nella morsa del mostro e gliela conficcò in un occhio.

«Ora ti riconosco, sei Polifemo o sei un essere della sua nefanda genia!» esclamò il marinaio con sarcasmo furente.

Saturno abbandonò la presa per il dolore e Frida ordinò ai soldati di sparare tutti insieme, mirando alla testa. Il dio fu investito da una raffica violenta di colpi e si dette alla fuga.

«Al riparo, si riaffaccia Medusa!» gridò un uomo con il cannocchiale alla loro sinistra.

Gaia ebbe il tempo di inquadrare un gruppo di uomini sulla cima della torre, che trasportava un grosso scudo tondo. Frida Kahlo, afferrandola con entrambe le mani, la voltò su se stessa per allontanarla dallo sguardo reificante di Medusa. La bambina non reagiva più. Sentiva solo un suono acuto, fisso nell'orecchio.

«Ragazzina, mi senti?» le domandò la donna.

Ma la piccola non ascoltava né rispondeva, era come assorta, isolata da quell'orrore: la sua mente era altrove. Frida iniziò a scuoterla, la strattonò più volte, la chiamò ad alta voce e le diede uno schiaffetto; un altro, un po' più forte… alla fine la bambina tornò in sé.

«Ehi tu, ci sei? Sveglia!» disse schioccandole le dita davanti al viso.

«Sì, è che... non riuscivo a smettere di guardare...» farfugliò Gaia.

«Se fossi rimasta lì a guardare un solo secondo di più, saresti diventata di pietra, ecco perché è pericoloso per te stare qui» la ammonì la donna con i baffi.

«Lo so, mi dispiace» ammise Gaia, chinando il capo.

«Coraggio, non è questo il momento per abbattersi!» gridò Ulisse da lontano, di ritorno dallo scontro con Saturno.

Appena lo vide, Gaia gli corse incontro e lo abbracciò.

«Frida, qui non resisteremo ancora per molto» disse l'eroe cercando di non mostrare lo sconforto.

La donna volse il suo sguardo verso la torre e vide che lungo i piani più alti si erano posizionati dei balestrieri: mentre erano rimasti con gli occhi chiusi, i nemici erano riusciti a coprire la fuga di Saturno e a riorganizzarsi.

«Lanceranno delle frecce incendiarie!» ruggì Frida. «Quarto stato! Al riparo!»

Le frecce sibilarono nell'aria gelida. Nel silenzio dettato dal terrore un cavallo nitrì, dei cani si misero ad abbaiare. Anche Rocky cominciò a ringhiare. Gli sguardi di tutti erano rivolti verso l'alto. Tutto prese fuoco in pochi istanti. Gli uomini che erano rimasti nel bosco levarono grida che morirono presto. La maggior parte di loro, però, era riuscita a scappare per tempo, poco prima che le frecce toccassero il suolo e le fiamme incendiassero la vegetazione che cingeva la radura.

«C'è fuoco ovunque! Siamo circondati» disse il capo del Quarto stato, un uomo robusto con la barba lunga e un cappello dall'ampia celata.

Una folla di quadri si era radunata intorno alla donna con la bandiera e a Frida.

«L'aria è irrespirabile!» si lamentò un altro.

«Siamo esausti!» gridarono dalle retrovie.

Ulisse vide lo smarrimento negli occhi dei combattenti e sospirò preoccupato. Frida, capì che doveva intervenire, si schiarì la voce e iniziò a parlare.

«Amici! Vogliamo arrenderci ora? Vogliamo che vinca Medusa? Abbandonerete per sempre quella parte di voi che vi ha rubato? Chi vorrà esporre nel proprio museo un'opera incompleta? Volete davvero trascorrere il resto della vostra vita in un magazzino?»

Lo spazio della radura fu percorso da un animato mormorio.

La donna proseguì vibrante: «Non è questo il momento di arrenderci ! Non è questo il momento di piangerci addosso!» fece una breve pausa per preparare la conclusione. «Questo è il momento per riprenderci quello che ci è stato portato via!»

«Giusto!» gridò un uomo.

«Noi andremo lì, tutti quanti insieme.»

«Andiamo!» gridò una donna scalza, in un lungo vestito da lavoro. La folla le fece eco.

«Non permetteremo che l'arte oggi muoia, resisteremo, combatteremo e disegneremo un nuovo futuro!» terminò Frida, e trascorse nell'aria un fremito generale d'orgoglio.

Ulisse le sorrise in segno di approvazione.

«Presto! Venite a vedere!» gridò in quel momento la donna con la bandiera francese.

Capitolo 12
Il nemico ritrovato

Dopo aver scavalcato la finestra della stanza di De Chirico, Edvard iniziò a correre senza mai voltarsi e, in poco tempo, arrivò su una spiaggia proprio di fronte all'Isola dei morti di Arnold Böcklin. Una piccola barca a remi, condotta da un muto personaggio rannicchiato a poppa, si stava avvicinando. L'isolotto roccioso era dominato da un fitto bosco di cupi cipressi, circondato da rupi scoscese che cadevano a picco sulla distesa scura dell'acqua. Da lontano, delle nubi nere lasciavano intendere che, di lì a poco, si sarebbe abbattuto un temporale.

Edvard era soddisfatto di sé, perché tutto stava andando secondo i piani: era riuscito a sbarazzarsi dei ragazzini, come gli era stato chiesto da Medusa, e anche l'azione per neutralizzare van Gogh poteva dirsi conclusa. Doveva solo trovare una via alternativa per arrivare a Babele e fare rapporto alla Gorgone.

Attese l'arrivo della barca e vi salì senza proferire parola. Neanche il rematore disse nulla; accompagnò il signor Munch fino all'isola e poi si rimise in viaggio.

Appena mise piede sulla piccola spiaggia dell'isola temibile, l'omino fu raggiunto dall'eco di un richiamo.

«Ti stavo aspettando» sentì dire da una voce solenne, proveniente dall'alto.

«Chi ha parlato?» gridò Edvard, colto alla sprovvista.

Si voltò in tutte le direzioni, poi il bagliore di un lampo improvviso illuminò le rupi e finalmente riconobbe la sagoma del Viandante, che era posto di spalle su una delle rocce più alte e scoscese. Se ne stava lì, fermo e ritto come il suo solito, con lo sguardo rivolto verso il temporale e i capelli sconvolti dal forte vento che soffiava da est.

«So cosa hai fatto, Edvard» disse l'uomo senza neppure voltarsi per un attimo.

«Veramente io… io non volevo… mio signore, davvero...» balbettò l'omino.

«So cosa è successo nei campi di Monet. E non ci sono scuse a cui appellarti.» Il tono di voce era calmo, ma carico di una durezza inflessibile. «Tutti noi abbiamo un compito e tu non hai saputo portare a termine il tuo. Hai fallito, signor Munch. Evidentemente non tenevi poi tanto a riavere i tuoi amici sul ponte.»

«No, mio signore, non è andata così: io ho solo eseguito gli ordini!» gridò intimorito Edvard.

«Gli ordini di chi? L'unico da cui devi prendere ordini sono io! Ricordatelo!» tuonò il Viandante.

«Ma come? Io avevo capito che...»

«Cosa avevi capito?»

Edvard abbassò vergognosamente la testa. Solo in quel momento intuì che l'idea di sbarazzarsi degli umani era un disegno personale di Medusa, estraneo ai piani del loro signore. La situazione era troppo complicata e il signor Munch si rendeva conto di essere solo una pedina in mano a giocatori imprevedibili che non tenevano in alcun conto i suoi interessi e i suoi sentimenti.

«Era un piano di Medusa, l'ha organizzato lei! Lo giuro, mio signore» gridava Edvard, cercando di discolparsi.

Ma l'uomo non volle sentire ragioni.

«Gli umani mi servivano vivi! Per quale motivo, secondo te, ti avevo chiesto di scortarli fino a Babele?» si infuriò.

«Giuro che se avessi saputo, mio signore...» seguitò a lamentarsi l'altro.

«Non continuare a giustificarti. Dimmi piuttosto: dove hai lasciato la bambina?»

«L'ultima volta che l'ho vista era di fronte alla cornice de La liberazione di Andromeda insieme all'autoritratto di Vincent van Gogh e all'Ulisse di De Chirico... potrebbero essere sopravvissuti al drago! Certo! Non è detto che li abbia aggrediti» mentì disperato Edvard.

Il Viandante ringhiò altre parole di biasimo, poi fece cenno all'omino di risalire il costone della roccia per raggiungerlo sulla cima. Munch obbedì e quando gli fu vicino, si mise in ginocchio e chiese a gran voce perdono.

«Posso ancora ritrovare Andrea, mio signore...!» tentò alla fine.

«Fortunatamente, il ragazzino è vivo. È stato salvato da alcuni Arcimboldi e, proprio in questo momento, si trova nella cornice qui a fianco, dove sta raccontando del tuo tradimento alla Gallerani» concluse l'uomo.

Edvard, sempre più pallido e preoccupato, non sapeva più come recuperare la situazione.

«Cosa? Cecilia? Ancora tra i piedi?»

«Così è» rivelò il Viandante.

«E adesso, cosa faremo?» gridò Edvard, sapendo che il suo destino dipendeva dall'utile che poteva fornire al suo signore. «Quello che avrei dovuto fare dall'inizio: mai lasciare ad altri incarichi così delicati. Non appena arriverà qui, le racconterò cosa hai fatto... E non credo che avrà pietà di te!»

Detto questo, si chinò per scegliere una pietra da terra. Optò per un sasso pesante e appuntito, che mostrò all'omino ostentando un sorriso glaciale. Edvard lo vide ferirsi la testa con un colpo deciso e violento. Nonostante perdesse liquido dalla fronte, il Viandante si avventò su Edvard e lo afferrò in vita, tentando di precipitarlo dalla rupe in mare.

Profittando della sua flessibilità sinuosa, il signor Munch riuscì però a liberarsi e ribaltò la presa, cogliendo l'avversario alle spalle: strinse le sue mani pallide intorno al collo del Viandante e cercava disperatamente di soffocarlo. L'altro annaspava.

«Non ti libererai di me così facilmente!» strillò Edvard, mentre continuava a stringere con tutte le sue forze.

«Vuoi strozzarmi? Sei davvero un idiota...» ghignò, con il fiato già fiaccato, il Viandante.

«Cosa fai? Lascialo andare!» intimò una voce alle spalle dell'omino.

Edvard lasciò la presa e si voltò per vedere chi fosse intervenuto. Erano Marc Chagall e sua moglie Bella.

«Marc, non è come pensi...» fece in tempo a gridare Evard, ma il Viandante, ormai libero dalla morsa, lo colpì forte alla testa con la stessa pietra con cui si era ferito, e gli fece perdere i sensi.

«Siete arrivati giusto in tempo!» disse l'uomo, recuperando il bastone e tornando sul precipizio ad ammirare le nubi temporalesche. «Chagall, illustrami la situazione.»

«Il ragazzo è sull'isola, sano e salvo, e ha appena terminato di raccontare alla Gallerani quello che volevi che lei sentisse» affermò gelido Marc.

«Molto bene! Un'ultima cosa...» disse il Viandante.

«Abbiamo già fatto tutto quello che ci hai chiesto. Ma io sono stanca di mentire ai miei amici. Lasciaci andare» proruppe Bella.

«Marc, cerca di tenere a bada tua moglie» proferì cupo il Viandante. «Altrimenti sarò costretto a rovinare il tuo Compleanno per sempre. Vuoi forse questo?»

«Dimmi, mio signore, cosa vuoi ancora?» domandò

Chagall, pronunciando le parole tra i denti.

«Scorterete questo traditore nella sua cornice» ordinò indicando con il bastone il corpo svenuto di Edvard. «E vi assicurerete che non esca mai più»

Marc annuì mestamente e diede una carezza sulla nuca della moglie per farle coraggio.

Il Viandante minacciava di rovinare uno dei quadri a cui Chagall era più affezionato: quello che ritraeva i coniugi uniti in un bacio appassionato e dolcissimo, l'ultimo, prima che Bella morisse. Marc non aveva scelta.

Proprio in quel momento sopraggiunsero Cecilia, le Quattro stagioni ed Andrea, nel travestimento vegetale; la barca non era adatta che a trasportarne uno alla volta e avevano dovuto aspettare il traghettatore. Giunta alla cima, Cecilia si avvicinò al corpo di Edvard, lo fissò per pochi istanti e sospirò gravemente.

«Toglietemelo dalla vista!» ingiunse.

Poi scoppiò in un pianto rabbioso, ferita dal tradimento subdolo di un amico a cui si era affidata.

Asciugando lacrime, guardò Andrea e pensò a tutti i pericoli che il ragazzo aveva corso a causa sua. Pensò anche a Gaia... chissà dov'era finita.

«Dovremmo forse interrogarlo» propose la dama.

«Meglio riportarlo nella sua cornice» l'interruppe veloce il Viandante, preoccupato che Edvard, qualora si fosse risvegliato, potesse smascherarlo.

«Un momento» obiettò la Gallerani «Dobbiamo conoscere la sorte degli altri. Forse lui può aiutarci!»

«E ti fideresti ancora delle sue parole? Egli sarebbe in grado di confonderti ancora e di gettarti altro fumo negli occhi» insinuò il Viandante dissimulando l'apprensione nel tono monocorde.

Cecilia si pose a riflettere; tutti la guardavano, aspettando con ansia la sua decisione. Scosse infine il capo e piegò lo sguardo in basso, sulle onde calme del mare.

Il Viandante tirò un sospiro di sollievo e, temendo un ulteriore ripensamento della dama, sollecitò i coniugi Chagall a riaccompagnare il signor Munch nella sua cornice. Quando finalmente li vide scomparire tra le nuvole, poté rasserenarsi. Anche Andrea e Cecilia seguirono con lo sguardo Edvard che volava via, lontano da loro.

Cecilia abbracciò il ragazzo.

«Non riesco a mantenere le promesse, è evidente ormai... e sono davvero desolata» si scusò. «Avevo giurato che vi avrei tenuto al sicuro e invece...» e riprese a piangere.

«Non è colpa tua. Stai facendo del tuo meglio» la rassicurò Andrea. «E come vedi... me la sono cavata benissimo! Sono sicuro che anche Gaia si sta tenendo lontana dai guai.»

«Sì, tua cugina è una fanciulla piena di coraggio e di giudizio. E tu sei un ragazzo forte e pieno di risorse» sorrise la dama.

«Alla fine ti ho ritrovata. Ritroveremo anche lei!» esclamò Andrea, rivolgendo uno sguardo d'intesa alle Quattro stagioni e facendo loro l'occhiolino.

«Sei stato davvero un ricercatore valente» disse Cecilia rincuorata e, afferrando un grappolo d'uva dalla testa di Andrea, aggiunse con malizia complice e leggera: «Trovo anche che tu ti sia ambientato alla perfezione.»

Scherzò per un momento con il ragazzo, spostandogli un paio di foglie dal petto alla testa. Ma sapeva che quell'intimità affettuosa sarebbe durata poco. Era arrivata l'occasione giusta... Cecilia prese la mano di Andrea e si fece seguire più in là, per potergli parlare da sola.

«Prendi questa» gli disse quasi bisbigliando e pose tra le mani del ragazzo una pietra.

«Cos'è?» le chiese Andrea meravigliato.

«Quando sarà il momento, lo capirai» gli rispose la dama, trattenendo a stento nuove lacrime. «Mettila via subito!»

Andrea capì solo che Cecilia non voleva che gli altri vedessero, s'infilò il sasso in tasca e non fece altre domande. La dama lo guardava senza parlare, ma nei suoi occhi trascorrevano emozioni che era impossibile nascondere. Abbassando lievemente il capo, fece segno ad Andrea di raggiungere le Quattro stagioni sulla spiaggia. Lui le obbedì senza chiedere e Cecilia rimase ad osservarlo mentre si allontanava, sforzandosi di sorridere. Poi girò la testa con uno scatto nervoso e si mise a contemplare l'orizzonte.

Ripensò alla gioia con cui le era corso incontro da lontano, urlando a squarciagola il suo nome mentre seminava verdure qua e là. Le era saltato al collo… Ma i racconti delle sue avventure avevano fatto svanire l'incanto. E doveva abbandonare anche adesso la serenità appena riconquistata: bisognava ritrovare Gaia e Vincent, poi riuscire a sconfiggere Medusa, trovare il varco e tutto ciò che lo scudo aveva sottratto ai quadri. La conclusione di quell'impresa, che all'inizio le era sembrata possibile, le pareva lontana come non mai: era tornata al punto di partenza, mentre ormai si trovavano a poche pennellate dalla torre di Babele. Forse la confusione che regnava in quel dipinto le stava invadendo l'animo. Ma starsene lì a riflettere per ore, come faceva il Viandante, non era esercizio per lei. Era arrivata l'ora di fare una visita alla torre.

«Cecilia!» si sentì chiamare la dama. «Tu non vai?»

«Dove?» rispose ancora sovrappensiero.

«Con gli altri… Non vedi che si sono già incamminati?» le mostrò gentilmente il Viandante.

La dama si rese conto solo allora che erano rimasti soli, a scrutare i vapori del cielo, cullati dal silenzio dell'isola; guardò in basso, verso la spiaggia, e vide Andrea che la stava aspettando insieme alle Quattro stagioni all'ingresso del bosco dei cipressi. Scherzava e rideva insieme ai suoi nuovi amici.

«Sembra che non abbia neanche più bisogno di me» mormorò la dama.

«Non essere sciocca, mia cara. Certo che il ragazzo ha bisogno di te. Tutti noi abbiamo bisogno di te! Devi proteggere gli umani a qualsiasi costo. Non tutti potrebbero accogliere con favore la loro presenza qui, lo sai bene. Se poi la notizia dovesse giungere alle orecchie sbagliate…» l'allusione del Viandante era oscura ma minacciosa.

«Che intendi dire?»

«Non vorrei allarmarti, mia diletta, ma ho saputo che Medusa ha assunto diversi sicari per sbarazzarsi dei due umani. Edvard non era il solo nemico da cui devi guardarti» le confidò l'uomo con una finta apprensione.

Cecilia era diventata pallidissima.

«Sicari?»

«Saprai dell'attentato agli Uffizi, del 1993...» proseguì il Viandante.

«Sì. Quello in cui Medusa rimase gravemente danneggiata. Dunque?»

«Non solo lei... gran parte delle opere d'arte fu rovinata. Mentre i capolavori più importanti si salvarono grazie ai vetri di protezione, altre opere invece andarono perdute per sempre... sette ad essere precisi» spiegò con distacco. «Medusa non ha mai superato quel trauma e da allora… non ama particolarmente il genere umano. La conosciamo, vorrà vendicarsi.»

«Se prova a torcere un solo capello ad Andrea o a Gaia!» reagì furiosa la dama. «L'avessi fra le mani... La butterò giù da quella maledetta torre!»

«Non perdere il controllo, mia cara. I nostri nemici

non si aspettano il tuo arrivo. Approfittane e parti subito: e quando giungerai a Babele, potrai coglierli di sorpresa con l'esercito che hai radunato. Hai quest'unica speranza per entrare nella torre.»

«Tu non verrai con noi?» domandò perplessa la Gallerani.

«Ci rincontreremo direttamente lì, devo risolvere una faccenda personale» tergiversò il Viandante.

La dama non sembrava persuasa.

«Vorrei esserci, credimi!» continuò mentendo. «Ma da lontano riesco a coordinare meglio i movimenti dei quadri e a interpretare gli eventi dalla giusta prospettiva. È meglio per tutti che io resti in disparte, di più non posso dirti… Ora va: non c'è più molto tempo!»

Cecilia si congedò con una riverenza. Rivolto di spalle, l'uomo colse comunque il gesto e rispose con un inchino.

La dama s'incamminò e raggiunse gli altri con la sua signorile lentezza.

«Siamo pronti?» chiese ad Andrea.

«Sono tutti schierati a ridosso della cornice di Bruegel! Aspettano solo un tuo cenno» rispose Andrea fiero di sé.

Il ragazzo iniziava ad apprezzare il loro mondo e voleva dimostrarsi utile alla causa.

La dama gli sorrise soddisfatta. Poi dichiarò «Finalmente quella strega avrà ciò che si merita!»

«Abbiamo davvero qualche possibilità di vincere. Possiamo batterla, vero?» gioì il ragazzo, galvanizzato dalle parole della dama.

Cecilia frenò il suo entusiasmo.

«Vinceremo… a patto che tu faccia esattamente ciò che sto per chiederti.»

«Sono ai tuoi ordini» disse Andrea, aspettandosi un incarico importante.

«Appena varcheremo la cornice, andrai a cercare riparo nella radura insieme alle Quattro stagioni e per nessuna ragione ti avvicinerai a quella torre! Puoi fare questo per me?» domandò dolcemente la dama.

Il ragazzo annuì, un po' deluso.

«Te lo prometto» disse sbuffando.

«Sarà un attacco rapido e violento... Potresti rimanere ferito. E poi devi cercare Gaia. Coraggio ora: non ci attendono, dobbiamo approfittarne!»

Andrea le sorrise.

La dama allora si girò di scatto verso gli altri e gridò: «Entriamo a Babele, signori!»

Capitolo 13
La valanga di marmo

Tutti corsero incontro alla donna con la bandiera, temendo che qualcosa di grave stesse per accadere.

«Che succede?» la aggredì Frida.

«Guarda tu stessa!» affermò la Libertà, indicando una rupe alla loro sinistra.

«Ma chi sono?» domandò la Kahlo.

«Sembra un esercito.»

«Un esercito di cosa?» domandò Gaia, accorsa anche lei a vedere.

«Fammi vedere, presto!» ordinò Frida, scostando di peso l'astronomo dal cannocchiale. «Dunque vediamo chi sono e che cosa vogliono...». Sospirò e puntò lo strumento verso l'alto. «È Cecilia Gallerani. E con lei ci sono cinque Arcimboldi. E poi c'è un esercito. Un grosso esercito di… di statue, direi» annunciò incredula.

«Cecilia? esclamò Gaia.

«Statue?» esclamarono gli altri.

La donna con le sopracciglia unite lanciò un'occhiataccia prima a destra e poi a sinistra. Quando ebbe ipotecato il silenzio dei minuti a venire, riprese con la cronaca: «Stanno parlando. Ma tu guarda quante statue si è portata dietro quella matta... La pietà, Amore e Psiche… uh, c'è anche il David di Michelangelo!»

«Gran bel pezzo di pietra!» commentò maliziosa Marianne. «Ma come avrà fatto la Gallerani a convincerli, dopo quello che è successo?»

Anticipando il quesito di Gaia, Ulisse le spiegò che i rapporti tra quadri e statue erano tesi, da quando una legge nefasta aveva negato che le opere plastiche potessero accedere al regno della pittura e le aveva confinate in una zona che qualcuno aveva poi chiamato "Bianca".

«Cecilia avrà metodi discutibili, ma almeno ottiene dei risultati» decretò Frida, scrutando ancora nel cannocchiale. «Ci siamo! Si stanno avvicinando... sono tutti in posizione.»

«Allora?» chiese Ulisse spazientito. «Dicci cosa succede, Frida, vogliamo sapere.»

La donna rimase in silenzio. Era così concentrata che sembrava volesse entrare nel tubo e nelle lenti. Poi, all'improvviso, si staccò dallo strumento e, sbarrando gli occhi, annunciò: «Stanno attaccando la torre!»

La gioia che ne seguì fu tanto disordinata che dovette spostare il cannocchiale di qualche metro.

Con lo stesso impeto con cui una valanga di neve si abbatte su di una valle, l'esercito di pietra era disceso fino ai piedi della torre di Babele: aveva schiacciato in poco tempo, le prime file degli avversari, piegando e ammaccando lance e punte che erano state messe in barriera.

«Vedi ancora Cecilia?» chiese Gaia, che già cercava il modo di raggiungere l'amica.

«L'ho persa. Ed è per colpa vostra: fate troppo baccano!» disse Frida poco convinta, muovendo il cannocchiale su e giù. «Un momento! Eccola...Sta scendendo a valle, ora. Marcia con il secondo gruppo.»

Gaia le sorrise, poi iniziò a tirare Ulisse per la tunica.

«Muoviti, devo parlare con Cecilia! Devo avvisarla che Andrea è stato fatto prigioniero e che Vincent è ferito... Ti prego, Ulisse! Andiamo, prima che si allontani. Sbrighiamoci! Dai, dai!»

Ma Ulisse replicò: «Non andrai in quella bolgia».

La bambina provò a svincolarsi, ma l'eroe la afferrò per un braccio e si diresse con lei verso il luogo in cui avevano lasciato Vincent e Rocky.

«Tu non capisci! Devo andare da lei!» continuò a supplicarlo Gaia, cercando di liberarsi dalla presa.

L'uomo sbuffò e rispose accelerando il passo.

«Spiegaglielo tu a questa Erinni, che non può andare a combattere nella mischia, forse a te darà ascolto!» disse esasperato Ulisse, lasciando cadere Gaia accanto a Vincent.

«Stai bene?» domandò la bambina, meravigliata di trovare l'autoritratto già sveglio.

Vincent sembrava di nuovo in forze: stava seduto a gambe incrociate, con la schiena poggiata a un albero, e sorrideva.

«Mi sto asciugando, non è così facile cancellarmi... Ho più pennellate degli altri addosso, te l'ho detto!» si compiaceva l'autoritratto mentre accarezzava Rocky.

Gaia intanto ripeteva al suo cane quanto era stato bravo a fare la guardia.

«Gaia, cos'è questa storia?» chiese Vincent «Dove vorresti andare?».

La piccola fece una smorfia imbarazzata e chinò il capo, raccogliendo le braccia tra le gambe.

«Non entrerò nella torre, promesso! Voglio solo avvisare Cecilia che Andrea è lì dentro».

«Andrà Ulisse a cercarlo» suggerì Vincent. «Lo abbiamo già stabilito. Tu, invece, rimarrai qui, al riparo.»

«Ulisse? E dimmi: come farà a riconoscerlo, se non lo ha mai visto in faccia?» replicò polemica Gaia.

«Credo che sarà in grado di riconoscere un umano» rispose l'autoritratto abbassando la voce, per non farsi intendere dal resto del gruppo. «E, se dovesse avere difficoltà, andrà da Cecilia e le dirà che Andrea è prigioniero nella torre.»

«E se la dama non dovesse fidarsi delle parole di un estraneo?» proseguì Gaia ostinata.

«Certo che si fiderà di me» intervenne Ulisse. «Io sono un re, un eroe valoroso, un compagno affidabile, un uomo sincero.»

«Un uomo sincero! E come la mettiamo con l'inganno del cavallo?»

Vincent e Ulisse erano esausti: era certo più duro che abbattere le mura di Troia.

«Tanto, appena vi distrarrete, io me ne andrò a raggiungere Cecilia» disse la bambina, mettendo il muso.

Vincent cedette.

«Per favore, Ulisse, accompagnala. Ma, non appena avrete trovato Cecilia, tornerete subito qui» si raccomandò l'autoritratto.

Il greco, nient'affatto convinto della scelta di Vincent, afferrò Gaia e se la mise a sedere su una spalla.

«Se dobbiamo farlo, lo faremo a modo mio!» decretò l'eroe e si diresse di nuovo alla foresta.

«Il colore sul viso... mi si sta togliendo!» esordì Gaia, con una scusa qualunque, preoccupata che Ulisse fosse arrabbiato e non volesse parlarle.

«Sei talmente impiastricciata che non ti riconoscerebbe. Sembri un Kandinskij!» prese a scherzare l'eroe per rassicurarla.

«Hai visto che strani tipi sono arrivati?»

«Di chi stai parlando?»

«Quelli laggiù in fondo, che si sono avvicinati a Frida.»

Nella radura, quando Gaia ed Ulisse erano partiti, erano giunti cinque stravaganti personaggi.

«Sono quadri di Giuseppe Arcimboldo» spiegò Ulisse e con la mano salutò Frida che lo stava guardando da lontano.

La donna ricambiò il saluto e tornò a parlare con i

nuovi arrivati. Né Ulisse né Gaia potevano sospettare che conversasse con Andrea e con le Quattro stagioni.

Anche Andrea era del tutto ignaro che la cuginetta fosse così poco distante da lui. In quel momento era preso da altri interessi, soprattutto dal via vai dei soldati e dei quadri armati che si erano arroccati nel piccolo spazio in cui era entrato.

Se ne stava fermo accanto a Primavera, che illustrava brevemente a Frida quali fossero i piani di Cecilia.

«Di quanti uomini ancora disponi, signora Kahlo?» domandò poi Estate.

Frida prese tempo e si guardò intorno con aria sconsolata.

«Di pochi, ma i più valorosi; il Quarto stato è dimezzato, la Libertà guida ancora i francesi...» fece una pausa e si appoggiò a una roccia con le braccia tese. «Gli altri li abbiamo persi con il lancio delle frecce incendiarie.»

«Chiedile se ha visto una bambina di otto anni... capelli biondi e ricci» bisbigliò Andrea nell'orecchio di Primavera.

«Non è un momento per domande simili. Cercheremo dopo, semmai» mormorò Primavera e si riavvicinò ai suoi fratelli.

Andrea si voltò e con lo sguardò iniziò a cercare Vincent e Gaia, ma c'era troppa confusione in giro. Quindi avvicinò di nuovo a Frida e alle stagioni per osservare da lontano la situazione sul campo. La battaglia era ancora serrata, perché, sebbene le statue fossero indistruttibili e refrattarie allo sguardo di Medusa, erano comunque in numero inferiore. Nonostante gran parte dell'esercito di Paolo Uccello fosse stato superato e disperso, lungo i piani della fortezza c'erano ancora balestrieri pronti per un nuovo attacco.

Fu allora che videro il Discobolo di Mirone lanciare il suo disco contro le mura. Il colpo fece crollare parte del quinto piano e fece cadere una ventina di tiratori. Alcune statue lo imitarono, staccando pezzi di materiale dai piedistalli. Parecchie delle frecce lanciate dalla cima della torre giunsero ad alimentare il fuoco ancora vivo nella radura.

Frida capì che era il momento di intervenire.

Coperti dalle fiamme alte e dal fumo, i suoi uomini avrebbero accerchiato le truppe di Uccello, serrandole in una morsa. Ordinò ai suoi di tenersi pronti e poco dopo diede l'ordine di attaccare. Un gruppo guidato dalla coraggiosa Marianne si lanciò all'assalto, oltre il bosco, intonando La Marsigliese.

«Noi attenderemo qui la fine della battaglia» dichiarò Estate. Poi si rivolse ad Andrea: «Attenzione, giovanotto, un cane ti sta mangiando le foglie della gamba destra!»

Andrea chinò la testa verso il basso e vide Rocky che scodinzolava. Lo prese in braccio e lo accarezzò.

«Rocky!» lo salutò, confuso e felice.

Se il cagnolino era lì, anche la cugina e Vincent dovevano essere nei paraggi. Si fece leccare tutte le verdure che aveva sul viso, sotto lo sguardo esterrefatto delle Quattro stagioni.

«Rocky, vieni subito qui!» disse una voce familiare. Andrea si voltò e vide Vincent.

«Mi perdoni, il cane è un po' invadente» si scusò l'autoritratto mortificato.

«Vincent, sono Andrea!» disse ridendo il ragazzo, spostandosi due melanzane dalla fronte.

Il viso di Vincent si riempì di gioia.

«Andrea?»

Si sollevò con sforzo e abbracciò calorosamente il ragazzo, riducendo in brandelli il suo travestimento.

«Sei vivo e stai bene! Che bella sorpresa. Pensavamo fossi ancora prigioniero di Medusa!» disse l'autoritratto ormai in piedi. «Come hai fatto a scappare?»

Andrea si grattò la testa interdetto.

«Credo tu abbia le idee un po' confuse, Vincent... ti racconterò tutto. Ma prima, dimmi, dov'è Gaia?» domandò, ansioso di rivedere la cugina.

«È andata a cercarti... o meglio, è andata a cercare Cecilia, perché pensavamo che tu fossi nella torre. Edvard ci ha detto che Medusa...»

«Edvard è un traditore! Mi ha abbandonato nei campi di Monet! Voleva che rimanessi intrappolato lì per sempre! Ha tramato contro di noi fin dall'inizio» gridò furioso Andrea.

«Ma che dici? Edvard per noi si è sacrificato… Era ferito, ha cercato di salvarci ed è sempre stato dalla nostra parte» obiettò con un sorriso sconcertato l'autoritratto.

«Questo giovanotto dice il vero. L'urlo agisce per conto di Medusa» s'intromise Estate.

Ritrovata la calma, Andrea provò a raccontare a Vincent come in realtà erano andate le cose. Amareggiato per il tradimento, Vincent cominciò a tormentarsi l'orecchio sano con la mano destra, ma Estate l'informò premuroso della sorte del signor Munch.

Il suo delirio paranoide si volse allora verso se stesso e cominciò a disperarsi per aver assecondato Gaia nell'impresa folle di andare a cercare il cugino.

«Non preoccuparti, Vincent» lo rassicurò Andrea «Non appena Gaia incontrerà Cecilia correrà qui.»

«Ma certo!» esclamò finalmente Vincent. Allontanò la mano dall'orecchio e cercò un varco tra gli ortaggi per carezzare la nuca al ragazzino.

In quel momento si udì: «Ci siamo!» Era il grido eccitato di Frida, che non si era mai mossa dal cannocchiale per osservare lo svolgimento della battaglia.

«Cosa succede?» domandò Estate.

«Stanno abbattendo il portone! Ecco... siamo dentro!» E mentre lanciava il suo grido gioioso saltò in braccio a Primavera. Una nuvola di fiori le piovve sul vestito bianco e, se non acquistò la leggerezza della Primavera di Botticelli…, lasciò libero finalmente il posto d'osservazione.

Andrea piazzò l'occhio sulla lente e iniziò a cercare Gaia e Cecilia.

«Che succede? Non vedo niente...» disse a Vincent, che gli era corso vicino. «C'è troppo fumo!»

«Fammi vedere» intervenne nervoso l'autoritratto, scansando Andrea e mettendosi al suo posto. «Eccola lì!» esclamò soddisfatto. Poi «No, Cecilia no... No!»

«No cosa?» chiese preoccupato Andrea. Ma la postazione al cannocchiale rendeva egocentrici e Vincent non gli rispose.

«Ecco, Cecilia girati… solo per una volta... Non badare al vestito, vai… Vai! No! No!» Vincent si staccò sconsolato dalla lente e annunciò: «È entrata nella torre!»

«Stai scherzando?»

«Avrà già parlato con Gaia» considerò allarmato l'autoritratto, riavvicinandosi al cannocchiale.

«Quel cannocchiale mi serve!» Frida si intromise e scansò Vincent di forza, come aveva fatto con l'astronomo.

«Non perdiamo altro tempo, Vincent, dobbiamo arrivare lì giù» lo supplicò Andrea mentre lo afferrava per un braccio.

Estate ricordò al ragazzo che aveva promesso a Cecilia che per nessuna ragione al mondo si sarebbe avvicinato alla torre, se non quando lei fosse tornata a prenderlo.

«Ma le circostanze sono cambiate!» cercò di persuaderlo l'Arcimboldo falso puntando sull'autorevolezza della parola "circostanze".

«Le circostanze sono sempre le stesse... una battaglia c'era prima, una battaglia c'è adesso.» rispose placidamente l'Arcimboldo autentico, lasciando intendere ad Andrea che era più saggio per lui staccarsi dalle orecchie due ciliegie e consolarsi con quelle.

«Vedrai che Gaia sarà di ritorno molto presto» suggerì Vincent per ammansirlo mentre sputava i noccioli.

«Chi è Gaia? Quella che era prima con te, van Gogh?» lo interruppe Frida dalla sua postazione.

«La vedi?» le domandò l'autoritratto trepidante.

«Oh, sì che la vedo... È con Ulisse... e proprio in questo momento stanno entrando nella torre, sono davanti all'ingresso. Che coraggio da eroi!» aggiunse compiaciuta sotto i baffi e credeva di annunciare una bellissima notizia.

Vincent trasalì. «Hai visto male! Il fumo ti ha confusa...»

«Io ci vedo benissimo!» ribatté Frida. «Guarda tu stesso, se non mi credi» lo sfidò piccata.

L'autoritratto si precipitò sul cannocchiale e dovette ammettere che, sotto le sopracciglia unite, la donna aveva l'occhio acuto.

«Fatemi andare» riprese a lagnarsi Andrea. «Sta entrando lì solo perché pensa che ci sia io.»

Vincent non sapeva cosa rispondere. Andrea aveva ragione, dopotutto: si schiaffeggiava l'orecchio e non capiva perché Ulisse si fosse lasciato convincere da Gaia ad entrare.

«Non credo sia una buona idea allontanarsi: è troppo pericoloso laggiù» concluse per lui Primavera.

«Molto pericoloso» sottolineò Autunno.

«Pericolosissimo» confermò Inverno.

«Non è il caso che tu vada» concluse Estate. «Te l'ho già detto, mio caro giovanotto, sei sotto la mia tutela, e finché ci sarò io a sorvegliarti...» si voltò, ma Andrea era sparito.

Mentre le Stagioni indagavano intorno, smarrite e svergognate «eccolo lì!» gridò Frida. «Sta andando verso la torre.»

In fretta e furia abbandonò la postazione.

«Vado con lui!» gridò e corse verso il campo.

Capitolo 14
Il portale magico

Frida raggiunse Andrea in un baleno. Lo trovò accucciato dietro a un cespuglio, con uno zainetto sulla spalla da cui sbucava la testolina di un cane. Lo sguardo del ragazzo era fisso alla porta principale della torre e intanto giocherellava con una piccola pietra, passandosela tra le mani.

La donna scosse la testa e sorrise, poi gli si accovacciò accanto senza far rumore.

«C'è solo un modo per arrivare a quella porta» gli sussurrò, cogliendolo di sorpresa.

«Se sei qui per riportarmi indietro, sappi che non verrò!» la aggredì lui, nascondendo la pietra in tasca.

Il dono di Cecilia non era un semplice sasso, era una pietra decorata con tre linee colorate, una rossa, una gialla e una blu.

«Sono qui per portarti a quella porta integro e indenne. O forse, nel tuo caso, dovrei dire sano e salvo?» domandò la messicana ridendo sotto i baffi e facendogli intendere di conoscere il suo segreto.

«Come l'hai capito?» chiese stupito Andrea.

«Quando Vincent ti ha abbracciato e ha ammaccato le tue verdure» gli ricordò Frida «sarebbero dovute ricrescere all'istante... invece guardati! Avevo sentito dire della presenza di due umani nel nostro mondo... e ho collegato le parole ai fatti.»

Andrea la studiava in silenzio, senza replicare.

Frida gli prese una mano. «Il tuo segreto è al sicuro

con me. Non hai motivo di preoccuparti» gli disse.

Il ragazzo annuì, ma con scarsa convinzione. Non sapeva se fidarsi di quella donna con i fiori in testa, il vestito da bambola di porcellana, un tatuaggio in piena fronte e quei peli sotto il naso, più lunghi di quelli che aveva suo padre. Ma l'unica cosa veramente importante, in quel momento, era riabbracciare Gaia e, per farlo, aveva bisogno dell'aiuto di Frida.

«Mi piaci, ragazzino. Hai gli occhi fieri e coraggiosi: mi ricordi il mio Diego da giovane. Allora, com'è che ti chiami?» gli chiese infine.

«Andrea» rispose; poi, fissando la fronte tatuata, le domandò a sua volta: «Chi è quell'uomo che hai disegnato lì?»

«Ah, lui è Diego, mio marito... Sono un autoritratto anch'io, come il tuo amico Vincent. Il mio titolo è Diego nei miei pensieri.»

«Anche a te hanno portato via qualcosa?»

«Sì, le mie lacrime, la mia sofferenza» rispose triste Frida.

«Be', se è così, non ti è andata male...!» osservò Andrea, meravigliato della reazione della donna.

«L'angoscia e il dolore, il piacere e la morte non sono nient'altro che un processo per esistere.»

Pur non afferrando appieno il contenuto della risposta, Andrea intuiva il senso recondito di quelle parole: probabilmente Frida parlava dei ricordi e dei sentimenti, delle emozioni che danno un significato all'esistenza, siano esse piacevoli o tristi.

«Devi aver sofferto molto» osservò.

«Ho avuto due gravi incidenti, il primo quando ero ancora giovane: sono stata travolta da un tram. Il secondo è stato mio marito Diego Rivera e, come vedi, lo porto sempre con me» gli spiegò Frida, accarezzandosi la fronte.

«Cosa gli è successo? Dov'è ora?»

«Ne parleremo in un altro momento. Ora ascoltami: se vogliamo entrare, dobbiamo farlo adesso. Te la senti?»

«Certo che me la sento. Andiamo.»

«Va bene. Seguimi e stammi sempre vicino.»

Le statue avevano messo in fuga gran parte dell'esercito nemico, spostando il baricentro della battaglia verso il mare; il fuoco bruciava ancora sul lato ovest della torre, distrutto in parte dal disco che aveva lanciato l'atleta greco. Frida e Andrea si avvicinarono all'entrata della torre facendosi largo tra le gambe delle statue e difendendosi dietro i loro corpi massicci. Dall'alto continuavano a piovere frecce, ma lo scudo di Medusa non si era più visto.

«Fermi dove siete!» tuonò una voce alle loro spalle.

Si voltarono lentamente e Andrea alzò le mani in segno di resa. Videro un cavaliere dalla corazza rossa e argento, che li minacciava con una spada.

Frida estrasse un piccolo pugnale e fece un passo in avanti. Non era uno scontro alla pari: la donna poteva contare solo sul suo stiletto, l'uomo brandiva uno spadone pesante e affilato. Eppure affondava la sua lama nel vuoto: Frida non si lasciava intimidire, schivava i colpi e, col braccio teso, faceva vibrare la punta del coltellino.

Ad un nuovo assalto il volto del cavaliere si fece bianco. Indietreggiò e aveva cominciato a tremare…

«Non fai più il gradasso?» lo provocò, divertita e sorpresa, la donna.

Il cavaliere non rispose; continuava a tremare e a camminare all'indietro, inciampò, cadde a terra. Frida agitò ancora il pugnale in aria, quasi fosse una bacchetta magica, convinta ormai di aver atterrito l'uomo con il suo coraggio e i suoi gesti marziali.

Il cavaliere si coprì il viso terrorizzato e abbandonò al suolo la spada. Andrea sorrise confuso: non avrebbe mai creduto che Diego nei miei pensieri potesse incutere tanto timore negli avversari. Ma fu investito da un tremendo spostamento d'aria, poi scorse un'enorme mano bianca abbattersi dal cielo sul cavaliere e afferrarlo. Sollevando lo sguardo, il ragazzo scoprì che la mano apparteneva al Mosè di Michelangelo. Frida si era fermata a contemplare lo splendido marmo, un po' delusa dalla constatazione che il nemico era stato sbigottito dal suo intervento. Con una lieve rotazione del polso, la statua stampò il cavaliere contro le mura, poi si rivolse ad Andrea.

«Siete interi?»

Il ragazzo fece segno di sì col capo:

«Stiamo cercando di raggiungere la porta della torre... dobbiamo raggiungere Cecilia al più presto. Potresti scortarci tu?» gli chiese poi.

«Lo farò, amico!» rispose Mosè e poggiò la sua mano destra sul terreno, per farli salire.

Frida era visibilmente eccitata: era la prima volta che vedeva una statua così da vicino e stava addirittura per salirci sopra.

«Sbaglio o ti ha chiamato amico? Come fai a conoscerlo?» bisbigliò ad Andrea.

«Siamo arrivati a Babele insieme. Ci conosciamo bene, si può dire» si vantò il ragazzo, avendo notato l'invidia di Frida.

Si arrampicarono sul palmo della mano del Mosè: era tanto liscio che sembrava di velluto e in alcuni punti, specialmente sui bordi, era particolarmente scivoloso. Per evitare che cadessero fuori, Mosè chiuse le mani a conca. Servirono non più di tre passi alla statua per arrivare fino alla porta; là li fece scendere con la massima delicatezza e premura.

«Ti ringrazio. Sei stato prezioso» disse Andrea accarezzando la punta del mignolo della statua.

«Riferisci alla signora Gallerani che la battaglia è quasi vinta. Buona fortuna!» replicò il Mosè prima di avviarsi verso la spiaggia, dove ancora ardevano piccoli focolai.

La Kahlo lo salutò con un sorriso, estasiata dalla sua bellezza, e rimase a guardarlo incantata mentre si allontanava.

«Frida!» la sollecitò Andrea.

«Scusami, è che non avevo mai frequentato una statua così da vicino. Che opera fantastica!» si giustificò lei imbarazzata, mentre anche il suo Diego, sulla fronte diventava paonazzo in volto.

Passata la soglia, si guardarono intorno disorientati.

«Accidenti! Potrebbero essere andati ovunque» considerò Frida

Mentre, gettando gli occhi intorno, cercava di individuare una strategia per avanzare all'interno della torre, lo sguardo le cadde sul fornice di finestra, vicino al quale un omone in tunica sbarrava la via a una ragazzina con la faccia dipinta. «Eccoli i tuoi amici!» annunciò trionfante.

Andrea si avvicinò, riconobbe la cugina e le corse incontro.

Gaia era al centro della sala d'ingresso della torre, nel bel mezzo di una discussione con Ulisse che, in piedi di fronte a lei non la lasciava passare.

«Ho promesso a Vincent che qui non saresti entrata, mi dispiace!» obiettò Ulisse ancora una volta.

Mentre prendeva fiato per replicare, Gaia fu travolta dall'abbraccio appiccicoso di ortaggi e di frutta mezza del cugino.

Si divincolò spaventata. Chi era e cosa voleva quell'invadente grumo vegetale? Lo scansò con una spinta e si riparò dietro Ulisse.

Andrea si spostò le due melanzane appassite dalla fronte e sorrise. Gaia spalancò gli occhi meravigliata e gli fu subito al collo.

«Pensavo che Medusa ti avesse rapito, ero così preoccupata!» gli disse fra lacrime di gioia, mentre faceva minestrone e macedonia di ciò che rimaneva del travestimento di Andrea.

Rocky era uscito dallo zainetto e zampettava e abbaiava allegro intorno alle gambe di Gaia. Ulisse e Frida sorridevano, inteneriti e sollevati.

Ma i sensi, disposti a nutrirsi di delicati sentimenti familiari, furono invece sollecitati dall'arrivo dei passi sostenuti e pesanti di un esercito in marcia, sempre più vicini e minacciosi. Ulisse indicò un piccolo corridoio buio sulla loro destra e si nascosero lì.

Videro un gruppo di alfieri attraversare il salone e poi fermarsi di fronte a una porticina di legno. Tre di loro entrarono, gli altri proseguirono uscendo dalla torre.

«C'è qualcosa d'interessante lì dentro» mormorò Frida.

«Molto interessante» rinforzò Andrea. «Ma cosa?»

«Scopriamolo!» disse Ulisse, si avvicinò a una finestrella che si affacciava sulla stanza e sbirciò all'interno.

«Dunque?» domandò Frida curiosa, mentre controllava che dal corridoio non venisse nessuno.

Ulisse si voltò e guardò la donna negli occhi con un'espressione indecifrabile.

«Che hai visto?» gli chiese Gaia.

L'eroe scosse più volte la testa, come a volersi ridestare da un sogno. Poi sorrise e alzò le braccia in segno di vittoria.

«Ho ritrovato i miei remi!»

Si affacciarono anche Andrea e la cugina e videro un gruppo di carri carichi di oggetti di ogni tipo; i tre alfieri ne stavano spingendo uno vuoto fuori dalla stanza.

Gaia indicò al cugino una gabbia sul secondo dei carri che aveva di fronte.

«Deve essere l'ermellino di Cecilia, quello» mormorò.

«Dobbiamo entrare!» concluse Andrea, mentre aspettavano che i tre soldati se ne andassero.

«Sì... e prima che portino via tutto. Gli uomini di Medusa temono che la torre venga espugnata e sono già pronti a cambiare deposito» aggiunse Ulisse, che voleva recuperare i suoi remi.

Senza altri indugi, il greco provò a infilarsi nella finestrella, prima con la testa, poi con le gambe. Ma era troppo stretta. Neanche Frida riuscì a passare.

«Entreremo noi!» propose Andrea.

«È troppo rischioso. Siete solo dei bambini» obiettò la Kahlo.

«Non abbiamo scelta. Gli alfieri torneranno e, in pochi carichi, svuoteranno tutta la stanza» insistette il ragazzo.

«Il cugino di Gaia ha ragione. Sono più piccoli, possono attraversare facilmente la finestra» decretò Ulisse. «Frida, tu rimarrai di guardia al corridoio, io alla porta, da qui. Voi al primo segnale lascerete tutto e uscirete senza esitare! Posso fidarmi?»

«Agli ordini!» replicò Gaia.

«Dobbiamo sbrigarci, non sappiamo quanto tempo abbiamo prima che tornino gli alfieri» li sollecitò Ulisse.

Frida si rivolse ad Andrea: «Se le trovi, prendi anche le mie lacrime, ti prego.»

Il ragazzo assentì con il capo, poi scavalcò il davanzale della finestrella e si calò giù. Gaia lo seguì. Si avvicinarono al carro dove avevano visto la gabbietta con l'ermellino. Andrea salì a prenderla ed esplorò con lo sguardo la montagna di oggetti accatastati, nella speranza di trovare anche le lacrime di Frida. Gaia, invece, si era imbambolata a osservare il fusto di un albero al centro della stanza, con tre porte scavate nel tronco: in una c'era una sfera bianca, una era chiusa e dietro la terza c'era un piccolo edificio illuminato... Aveva un aspetto vagamente familiare. Ma perché? Ricordò le parole di Bacco: capì che si trattava del varco e andò ad informare il cugino.

Ma un rumore di passi e di chiavi all'esterno della stanza li avvertì che qualcuno stava entrando.

«Andiamocene! Arriva qualcuno» mormorò agitata Gaia. Ma ormai era troppo tardi per raggiungere la finestrella; Andrea aiutò la cugina a salire sul carro e la trascinò con sé sotto la montagna degli oggetti rubati.

«Prendete solamente questo» ordinò una voce. «E sbrigatevi. Hanno quasi preso la torre, non possiamo rimanere qui a lungo.»

Le voci man mano si erano avvicinate; il carro su cui si erano nascosti i due ragazzi cominciò a cigolare e a spostarsi lentamente: qualcuno lo stava spingendo. Andrea lanciò un'occhiata preoccupata alla cugina che stava per dire qualcosa e le fece segno con la testa di tacere. Ma Gaia continuava ad agitarsi e rischiava di rivelare il loro nascondiglio. La fulminò con lo sguardo e lei si quietò.

Riuscirono a distinguere dal rumore dei passi che nell'operazione erano impegnati almeno sei uomini.

«Spingetelo dentro!» ordinò una voce fredda e autoritaria, che al ragazzo pareva di aver già sentito.

Si presero per mano. Andrea strinse nel palmo destro la pietra che gli aveva regalato Cecilia. Poi furono investiti da una luce bianca, luminosissima.

Allarmato dai rumori e dalla lama di luce vivida che era apparsa sotto la porta, Ulisse provò a forzare i serramenti, ma invano. Frida accorse preoccupata. La luce era scomparsa, ma la porta era rimasta chiusa. L'eroe tentò di buttarla giù a calci e spallate.

«Riprova, sta per cedere» lo incitò Frida, convinta che lo scricchiolio che aveva sentito provenisse dai battenti che si stavano fiaccando Ma, per quanto l'eroe si sforzasse, gli era chiaro che i suoi sforzi non conducevano ad alcun effetto.

Tornata a controllare il corridoio un'ultima volta, la messicana sentì un vocio che si diffondeva nel piano aumentando a poco a poco d'intensità. Una donna gridò: «Non lasciateli scappare!»

Era Cecilia Gallerani.

Frida riconobbe la sua voce, poi sentì crescere il rumore della folla che stava venendo nella loro direzione.

Corse da Ulisse: «Stanno arrivando i rinforzi!» annunciò emozionata.

Un attimo dopo giunse la schiera dei combattenti guidati dalla dama.

«Presto. Aiutatelo a sfondare quella porta» ordinò ai suoi la Gallerani. «Non possono sfuggirci... sono in trappola ormai!» dichiarò trionfante a Frida.

«Finalmente siete arrivati» la salutò lei, ma non comprendeva il senso di quelle frasi.

«Sono entrati qui dentro... li abbiamo visti scendere dal secondo piano» continuò la dama.

«Non capisco, Cecilia» le disse allora la Kahlo, ormai sicura che non si stesse riferendo ai ragazzi. «Chi è che hai visto entrare?»

«Medusa e i suoi… Li avevamo quasi presi, ma sono riusciti a scappare e a raggiungere questa stanza nascosta. Ora sono circondati!» dichiarò la dama, che sentiva la vittoria ormai vicina.

«Andrea e Gaia sono di certo lì dentro! Sono entrati poco fa… avevano visto il tuo ermellino» spiegò allora Frida.

«Cosa?»

«Ma nella stanza non c'era nessuno» proseguì la messicana «abbiamo controllato. Siamo rimasti di guardia qui davanti.»

La Gallerani impallidì. Ma un rumore sordo interruppe il dialogo: Ulisse aveva forzato finalmente la porta.

«Arrendetevi!» ordinò Cecilia, irrompendo nella stanza subito dopo Ulisse.

«Andrea! Gaia! Dove siete?» gridò Frida, facendosi spazio tra le macerie.

«Andrea? Gaia?» ripeté Cecilia.

La stanza era deserta. Non c'era traccia né dei cugini né di Medusa e del suo esercito.

«Dove sono? Non possono essere spariti tutti!» protestò Frida in preda allo sconcerto.

«I carri... ne manca uno!» esclamò Ulisse contando quelli rimasti.

«Ma da dove è uscito? Abbiamo sorvegliato la porta e non è stata mai aperta.» La messicana era esterrefatta.

Ulisse si piegò sulle ginocchia per studiare l'ambiente da una diversa prospettiva. Individuò le tracce lasciate dalle ruote del carro e le seguì con gli occhi: terminavano al centro della stanza.

«È colpa mia!» rispose il greco affranto. «E di quei remi maledetti!»

«È colpa di tutti noi, Ulisse.»

La dama attraversò in silenzio, a passi lenti, l'intera stanza, poi fece cenno ai suoi di avvicinarsi ai carri.

«Ispezionateli. E che ognuno si riprenda ciò che gli appartiene» ordinò mestamente Cecilia prima di uscire.

Gli uomini iniziarono a rovistare negli ammassi e a recuperare le loro cose.

La dama si guardò distrattamente intorno. Non trovò il suo ermellino, ma non se ne ebbe troppo a male: il suo cuore era turbato da una perdita più dolorosa. Si avvicinò alle scale e si diresse lentamente verso la cima della torre. Si sentiva svenire e aveva bisogno di aria, nonostante avessero vinto la battaglia e messo in fuga Medusa, si sentiva sconfitta. Era in pena per i ragazzi, e non aveva idea di cosa fosse successo in quella stanza.

Giunta all'ultimo piano dell'edificio, aprì una finestra e si affacciò sulla balconata, traballante e semidistrutta, sperando di avvistarli dalla sommità della torre.

«Ti stavo aspettando, Cecilia» la accolse il Viandante.

La attendeva appoggiato al parapetto, con il bastone in una mano e gli occhi puntati al cielo, fissi a mirare l'orizzonte incendiato dai fuochi dalla battaglia.

«Ma come è possibile?» riuscì a dire a stento la dama, per la sorpresa di trovarlo lì.

«Avevo detto che ci saremmo incontrati nuovamente.»

Cecilia scosse il capo pensierosa.

«C'è qualcosa che ti affligge, mia cara, lo sento dal tono della tua voce» le disse il Viandante. «Si tratta del tuo ermellino?»

«Se non dovessi ritrovarlo in tempo per l'apertura della mostra, verrei cancellata per sempre...»

«Ma non è solo questo» l'incalzò.

«Medusa è fuggita e ha rapito i ragazzi» ammise con la voce rotta.

«Ti mostrerò una cosa, Cecilia» disse l'uomo; poi tirò fuori dalla giacca un animaletto, che con un guizzo sinuoso trovò ricovero tra le braccia della dama.

Accarezzandolo incredula, Cecilia lo riconobbe.

«È il mio ermellino! Dove l'hai trovato?» domandò insospettita.

«Non è proprio il tuo ermellino, mia diletta, ma è comunque un'ottima copia» disse il Viandante.

«Non ti capisco» rispose la dama, continuando a tenere l'animale stretto a sé.

«Il tuo ermellino probabilmente è andato perduto per sempre» rispose quello «così come gli altri esseri e gli altri oggetti del nostro mondo che oggi hanno oltrepassato un varco. Ti avevo suggerito che poteva benissimo trovarsi qui, in mezzo al bottino di Medusa. Per questo sono comparsi dei sostituti. In fondo anche noi ci rigeneriamo, nessuno se ne accorgerà. Siamo salvi. E lo dobbiamo soltanto al tuo coraggio e alla tua pertinacia.»

«Sì, ma i due ragazzi dove sono? Come stanno?» insistette Cecilia.

«Hanno attraversato il varco anche loro e sono tornati nella realtà. Non sono più qui.» dichiarò il Viandante con un sorriso che Cecilia non poté cogliere.

«Dunque è finita?» domandò la dama mentre Ulisse e Frida li raggiungevano.

«Sì. È finita.»

Capitolo 15
Ludovico

Andrea riaprì gli occhi spaesato. Rocky gli stava leccando la faccia. Il ragazzo gli sorrise e lo accarezzò. Fece come per rialzarsi, sollevò il busto da terra, ma la testa gli girava e il braccio destro gli formicolava, come se avesse dormito gravando con tutto il peso del corpo su una mano sola, come fanno i fachiri. Si stiracchiò e sentì scrocchiare le ossa della schiena. Gaia era accanto a lui e dormiva serenamente.

«Gaia!» sussurrò Andrea nell'orecchio della cuginetta, scuotendola per svegliarla. Rocky iniziò a leccarle una mano, la bambina protestò, come se volesse proseguire il suo sonno e si girò dall'altro lato, ma poi si sollevò: «Dove siamo?» chiese infine al cugino, stropicciandosi gli occhi e sbadigliando.

Andrea si guardò intorno e vide delle enormi casse di legno, cornici accatastate e pacchi imballati.

«Non lo so... eppure mi sembra di esserci già stato, qui» ammise confuso.

«Per esserci addormentati qui, ci siamo almeno entrati...» replicò Gaia laconica. Poi gli chiese: «Quanto avremo dormito?»

«Parecchio e comunque abbastanza da perderci tutta la visita guidata» sghignazzò Andrea.

Ridendo, si alzò in piedi e tese una mano alla cugina per aiutarla a sollevarsi.

«Sbrighiamoci Trec, ché mia madre starà già in ansia» sbuffò il ragazzo.

«Che fai? Il tuo telefono lo lasci qui a terra?» domandò perplessa Gaia, raccogliendolo.

Andrea recuperò in fretta lo smartphone e provò subito ad accenderlo per capire che ora si fosse fatta.

«Scarico, niente» disse alla cugina e lo infilò con naturalezza nella tasca posteriore dei jeans. «Dai, Trec, prendi Rocky, rimettilo nello zaino e andiamo!»

La bambina si avvicinò al cane che gironzolava vicino alle cornici, annusando il pavimento come alla ricerca di qualcosa; lo prese in braccio e gli carezzò la testa, ma Rocky iniziò ad abbaiare e ad agitarsi.

«Ma che gli prende?» chiese al cugino.

«Ci sarà qualche topo, là dietro» rispose Andrea, annoiato. «Calmalo e andiamo, su.»

Il ragazzo si affacciò per controllare che nel corridoio non ci fosse nessuno.

«Dobbiamo arrivare a quel divanetto lì giù» notificò alla cugina, pensando nel frattempo a una scusa plausibile. «Diremo di aver fatto un giro per conto nostro.»

Gaia era riuscita a tranquillizzare Rocky e a nasconderlo di nuovo nello zaino. Il cagnolino stava ancora guaendo, ma andava quietandosi, sembrava stanco anche lui e probabilmente si sarebbe presto addormentato. Sgattaiolarono verso il punto concordato e si tuffarono sul divanetto, cercando il morbido dei cuscini, ma Andrea diede una gran testata contro la spalliera di legno. Si tappò la bocca per non urlare, raggomitolato in posizione fetale.

«Male, eh?» gli chiese Gaia, cercando di rimanere seria.

Mentre quel teatrino si consumava, «Eccoli qua! Ma dove eravate finiti?» tuonò una voce alle loro spalle. Andrea la riconobbe subito.

Si voltò lentamente, pensando che ci fosse un'unica cosa da fare. Si gettò incontro alla madre e alla zia con le braccia spalancate, in modo da riuscire ad abbracciarle entrambe. Le speranze di sopravvivere alla predica materna sarebbero aumentate, se lei avesse ceduto all'abbraccio. Mentre si avvicinava, inquadrò il volto della zia: sembrava divertita, era quasi fatta! Spostò gli occhi sul viso della madre e, per una frazione di secondo, vide il volto di un'altra donna… Scosse la testa disorientato e si lasciò cadere tra le sue braccia. La mamma, avvertendo qualcosa di strano, gli era andata incontro agguantandolo al volo, come un portiere che cerca di bloccare un rigore.

«Senti come scotta, Carla!» esclamò, appoggiando la guancia sulla fronte del figlio. «Me lo aveva detto che non si sentiva bene!»

La zia allungò una mano sulla fronte del nipote.

«Eh sì... avrà almeno trentotto e mezzo!» confermò. Quindi si girò verso Gaia e disse allarmata: «Vieni qua, fammi sentire se scotti pure tu»

"Simmetria prevedibile" pensò la bambina.

Si avvicinò imbronciata alla madre e, mettendosi una mano sulla fronte, disse: «Sto benissimo!»

La madre volle comunque rassicurarsi e le tastò la fronte, il collo e il polso.

«Sei fresca» sospirò, come se fosse scampata al vaiolo.

«Sarà meglio andare, devi mettere Andrea a letto.

Ti do uno strappo io» disse allora la madre di Gaia, frugando nella borsa alla ricerca delle chiavi della macchina.

La bambina osservava la scena di cui era parte con sospetto. Si aspettava che da un momento all'altro la madre la rimproverasse per essersi allontanata e che la zia iniziasse a inveire contro Andrea. E invece le due donne sembravano del tutto disinteressate alla questione della sparizione…

Uscirono frettolosamente dal museo. La madre di

Andrea aveva avvolto il figlio come una mummia nella sua grande sciarpa di lana e lo guidava per mano nella discesa della scalinata. Gaia valutò che assecondare la preoccupazione delle donne e non dire niente fosse la strategia migliore per arrivare illesa fino a casa. Salirono in macchina e la bambina montò sul sedile posteriore con il cugino moribondo, prendendone però le distanze, come aveva ordinato la mamma. Andrea chiuse subito gli occhi e si assopì, Gaia si accostò al finestrino pensando: "Cinque minuti e sarò a casa di Andrea…"

Approfittando del fatto che la mamma e la zia stessero discutendo su quale sciroppo da somministrare all'ammalato, la bambina sbirciò all'interno dello zaino: Rocky fortunatamente dormiva.

Si fermarono davanti alla casa di Andrea e, prima di aprire la portiera, la madre di Gaia suggerì un'altra ventina di farmaci alla sorella.

«Ti chiamo dopo allora, così mi dici come sta e se lo sciroppo funziona» disse Carla.

«Rimani da me» bisbigliò Andrea alla cugina, riaprendo gli occhi.

«Mamma, posso rimanere da Andrea? Un pochino solo...» chiese Gaia piagnucolosa.

«Ma no, Gaia, vedi che ha la febbre? Vuoi ammalarti anche tu?» replicò subito la madre.

«Ti prego!»

«No, ti ho detto, prima di uscire, tra l'altro, avevi detto che avresti pulito la gabbia di Ludovico!»

Ad Andrea l'affermazione suonò stranissima.

«Scusa, zia» disse con un filo di voce. «Chi sarebbe Ludovico?»

La zia e la madre si stupirono della domanda e anche Gaia parve accogliere con divertito disappunto l'uscita del cugino.

«Ma come chi è Ludovico?»

Capirono dallo sguardo smarrito del ragazzo che davvero non aveva la più pallida idea di che cosa stessero dicendo. Allora la madre gli toccò nuovamente la fronte, pensando che la febbre fosse di nuovo aumentata.

«Senti come scotti, su forza, scendi immediatamente dalla macchina» lo incalzò.

«Gaia, non saluti la zia e Andrea?» disse la mamma, rivolta alla figlia, vedendola infilata con la testa nello zaino.

«Ciao...» disse Gaia triste, trascinando a lungo la seconda vocale della parola.

Zia Carla prese Andrea per un braccio, mentre la madre gli sistemava nuovamente la sciarpa sulla testa. Il ragazzo era confuso e innervosito allo stesso tempo. Possibile che davvero non ricordasse una cosa che gli altri davano per scontato che conoscesse? C'era qualcosa che non capiva.

«Mi dici chi è Ludovico?» chiese calmo, cercando di farle capire che era serio.

«Perché devi fare sempre lo sciocco? Adesso stai esagerando, Andrea! Vuoi farmi preoccupare?» La madre alzò la voce.

«Non ti sto prendendo in giro, te lo giuro! Chi è Ludovico?» disse allora Andrea in tono più preoccupato, dato che nessuno gli credeva.

Guardò Gaia, cercando supporto, ma neanche lei sembrava turbata o sorpresa dalla cosa. Anzi, aveva l'aria infastidita.

«È l'ermellino di tua cugina... adesso la pianti?» lo rimproverò la madre.

«L'ermellino?» ripeté Andrea a bassa voce sempre più confuso, mentre percorreva il vialetto di casa.

«Entra e fila a metterti a letto!»

In casa Andrea si srotolò di dosso la sciarpa e l'appese sull'attaccapanni, poi si affacciò in salotto.

«Vado a farti un tè caldo» disse la madre con voce già più premurosa, avviandosi in cucina. Poi, vedendo che il figlio non si muoveva, tornò ad alzare il volume della voce: «Che fai ancora in piedi? Subito a letto!»

Il padre era sdraiato sul divano a guardare uno dei suoi programmi sportivi preferiti e non li aveva neanche sentiti rientrare.

«Pa', siamo tornati!» disse Andrea abbattuto e fiacco, sedendosi accanto a lui.

«Bravi» recitò il papà senza staccare gli occhi dallo schermo. «Hai visto? La Juve ha pareggiato.»

«No. Non ho visto» fece il ragazzo con una vocina mesta.

«Oh, cosa ti è successo, perché sei così triste?» chiese il padre. «Non ti sei divertito al museo?»

«Non sono triste! Ho la febbre!» borbottò Andrea, posando lo sguardo su una teca di vetro sopra al camino, che conteneva dei remi di legno.

Non si ricordava di un cimelio così vistoso nel suo salotto, eppure un denso strato di polvere si era depositato lungo i bordi della cornice, a testimoniare che era lì da molto tempo.

«Pa'! Non ricordo la storia di questi remi» iniziò il ragazzo.

«Quali remi?»

«Questi!» disse, allungando il braccio e dando un piccolo colpo alla teca, per attirare l'attenzione del padre.

Il genitore rimase incollato con lo sguardo alla tv, poi si voltò, solo per un secondo.

«Oh, quei remi! Te l'ho già raccontato. Li trovai tanto tempo fa su una spiaggia, quando ancora tu non eri nato! Ero in vacanza con tua madre in Grecia, a Itaca! E li ho fatti spedire in Italia.»

C'era qualcosa, in quella spiegazione, che non convinceva affatto Andrea, ma sorrise ugualmente al padre, come se il racconto lo avesse divertito. Si sentiva stanchissimo, si alzò a fatica dal divano e si avviò in camera.

«Vado a dormire» annunciò.

Chiuse la porta della stanzetta e si sdraiò sfinito sul letto. Posò il cellulare sul comodino e urtò qualcosa. Era una clessidra liquida. Che strano... da dove spuntava? Non si ricordava di averne una. La capovolse e s'incantò a osservare le gocce cadere da un'ampolla all'altra. Sembrarono lacrime.

Si sentiva stordito e preoccupato, come se avesse lasciato qualcosa in sospeso. I compiti? No... Non era quello. Percepì che c'era qualcosa di anomalo: sua cugina non aveva mai avuto un ermellino, nel suo salotto non c'erano mai stati dei remi e lui non aveva mai comprato una clessidra liquida. Ma cosa stava succedendo? Possibile che una banale febbre gli potesse provocare allucinazioni di quel tipo?

Provò a chiudere gli occhi per rilassarsi e ricordò tutto in un attimo: Cecilia, la vasca di Marat, il signor Munch, la notte stellata di Van Gogh, il Viandante, la campagna di Monet, le Quattro stagioni, il Mosè e Frida...

"Siamo tornati indietro, allora! Ma come?" pensò turbato.

Cercò di afferrare l'ultimo ricordo che riusciva a rintracciare: si trovava con Gaia sul carro, avevano ritrovato l'ermellino di Cecilia e i remi di Ulisse, c'erano delle voci e qualcuno li stava spingendo, un attimo prima di essere investiti dalla luce bianca.

Ricordò che Gaia gli voleva dire qualcosa, forse qualcosa d'importante e lui glielo aveva impedito. Ora era troppo tardi per domandarglielo, perché la cugina non ricordava nulla, altrimenti avrebbe trovato anche lei insolito il fatto di possedere un ermellino... Già!

Perché Gaia non ricordava nulla? Probabilmente perché non era mai accaduto niente.

Aveva sognato tutto durante il sonno febbricitante nel deposito del museo. Ecco la spiegazione! E ora era solo confuso.

Si alzò dal letto sbuffando e capovolse di nuovo la clessidra. Gironzolò agitato per la stanza, cercando di razionalizzare. Poi s'infilò le mani nelle tasche e sentì qualcosa di duro e pesante. Era una pietra... La pietra con le tre strisce di colore che gli aveva donato Cecilia sulla rupe dell'Isola dei morti. Allora era vero! Non era stata un'allucinazione.

Tutto ciò che era sul carro con loro era giunto nella realtà e aveva trovato una nuova collocazione tra gli oggetti comuni della loro vita: l'ermellino a casa di Gaia, i remi in salotto, la clessidra sul comodino.

Un terribile dubbio lo assalì. Cecilia, gli aveva spiegato che, se non avesse ritrovato il suo ermellino, i Legislatori l'avrebbero cancellata per sempre, e così sarebbe accaduto a tutti i quadri incompleti.

Accese il computer sconvolto e iniziò a cercare informazioni sulla Dama con l'ermellino, Vincent van Gogh e i suoi amici: poteva ancora ammirarli tutti.

Cecilia li aveva salvati.

Stampò un'immagine della Dama con l'ermellino, la ritagliò e sul retro scrisse tutto ciò che sapeva di lei; appuntò il ritaglio sulla bacheca di sughero che era appesa sulla parete di destra, sopra la scrivania.

Fece lo stesso per tutti gli altri, ma non per Edvard. Così li avrebbe avuti sotto gli occhi tutti i giorni e forse gli sarebbero mancati di meno.

E anche se un giorno fossero scomparsi dai ricordi di tutti, era sicuro che sarebbero rimasti per sempre nel suo cuore.

Gli caddero gli occhi su una vecchia fotografia.

Prese in mano la cornice e la osservò con attenzione. Era col nonno, da bambino.

Il nonno era seduto, sorridente. Lui mostrava a tutti una pietra, la stessa pietra che aveva in tasca ora…

RINGRAZIAMENTI

Ringrazio tutti coloro che mi hanno aiutata, supportata e sopportata durante la stesura di questo romanzo, in primis tutta la mia famiglia.

Un ringraziamento a Giuseppe Franza che inizialmente ha levigato quest'opera e a Marcello Pezza per il suo intervento dal mondo del surreale.

Un ringraziamento speciale a Carlo Boumis per avermi messo a disposizione tutto il suo sapere e la sua penna. Grazie a Le Commari Edizioni per aver creduto in questo progetto.

POSTFAZIONE
di Marcello Pezza

Quando gli orologi della mezzanotte
elargiranno un tempo generoso,
andrò più lontano dei rematori di Ulisse
nella regione del sogno,
inaccessibile alla memoria umana.

Jorge Luis Borges

Cara C.C. Omell,

ti starai chiedendo quale personaggio si cela dietro questa lettera. Lo scoprirai gradualmente. Per ora ti basti sapere che sono un artista e che sto scrivendo seduto su una nuvola. Durante le nostre lunghe passeggiate, con il mio amico Jorge Luis Borges parliamo spesso dell'immaginazione, della letteratura e dei sogni. Secondo lui "è un errore pensare che la letteratura sia fatta solo di parole. È fatta anche di parole, ma è soprattutto fatta di immagini, di sogni..." e io sono d'accordo. Nel 1928 ho dipinto un quadro dal titolo *Il tradimento delle immagini*, che raffigura in modo realistico una pipa; in basso ho scritto una frase: "Ceci n'est pas une pipe", "*Questa non è una pipa*". Anche se può sembrarti una contraddizione, in realtà non lo è. Ti sarà infatti capitato di notare come gli oggetti e le forme del quotidiano, comprese le parole, abbiano oramai assunto per noi una familiarità e una disponibilità tali da impedirci di percepire la loro presenza se non quando ne abbiamo bisogno o ci mancano. Le cose non hanno per noi più alcun significato se non quello del mero utilizzo o del senso comune, come nel caso delle parole. Ma se fosse solo così, vivremmo un mondo superficiale, bidimensionale, come quello descritto dal mio amico Edwin Abbott nel suo libro *Flatlandia*: ma il mondo e la vita sono molto più di questo.

Nel mio dipinto con la pipa, attraverso la contraddizione tra l'immagine e le parole, ho voluto creare una condizione di spaesamento della consuetudine di guardare il mondo e le cose, di cui anche ci accade di fare esperienza nei sogni. Io stesso da bambino ho vissuto questo senso di sorpresa e mistero quando ho iniziato ad appassionarmi al disegno. "L'arte della pittura mi appariva allora vagamente magica e il pittore dotato di poteri soprannaturali". Per questo penso che "nella vita tutto è mistero" e che le opere d'arte, il cinema, la letteratura e i sogni sono quei luoghi in cui la realtà si incontra con l'immaginazione per creare nuovi mondi da esplorare, in cui i confini della logica e del reale si dissolvono e tutto diventa possibile.

Noi stessi ci siamo conosciuti davanti a un mio quadro. Tu non lo sai perché mi ero nascosto bene dietro una mela. Avevi un libro fra le mani che tenevi dietro la schiena. Ti sei avvicinata con la punta del naso, hai provato a scostarti di lato per guardarmi meglio; per fortuna la cornice e la mela mi offrivano un ottimo riparo. Mi hanno colpito il tuo sguardo curioso, le tue espressioni e soprattutto il tuo stupore.

Al mio fianco c'era il quadro *Velocità astratta + rumore* del mio amico Giacomo Balla. Un tipo estroverso, dinamico lui! Ha dipinto il suo quadro così intensamente che le forme e i colori continuano anche sulla cornice, come se il dipinto volesse espandersi su tutta la realtà circostante!

Eri entusiasta. Sul tuo viso riuscivo a leggere i colori

della felicità; eri divertita e incuriosita allo stesso tempo. Sussurravi delle parole che leggevi dal tuo libro, ripetendo fra te e te una domanda: "Se la cornice separa l'immagine da tutto ciò che non è immagine e la definisce come mondo significante rispetto al fuori-cornice, che è il mondo del semplice vissuto, a quale dei due mondi appartiene la cornice?"

Sentirti riflettere sulla natura delle immagini, su questa antica parola latina, imago, che appartiene sia alla dimensione reale che a quella dell'apparenza e del sogno, mi ha riportato alla memoria alcune mie antiche riflessioni di giovane artista. Avrei voluto essere qualche sala più avanti solo per vedere quale espressione avresti fatto davanti a *Metamorphosis II*, una delle rappresentazioni più originali del mio amico Maurits Cornelis Escher. Ma ti ho visto solo andare via, chiedendomi se presto ti saresti dimenticata di noi e se in futuro ci saremmo mai rincontrati.

Poi ho saputo che avevi scritto un libro, *L'enigma dell'ermellino*, e ho voluto scriverti questa lettera. Ti starai chiedendo come l'ho saputo. Prima di risponderti devi sapere che da queste parti ci conosciamo un po' tutti. Ho avuto modo di incontrare vecchi amici e di averne dei nuovi. In questo momento, per esempio, Salvador Dalì e sua moglie Gala stanno conversando con mia moglie Georgette e Agnes, la moglie di Albrecht Dürer Loro due bisticciano sempre per la verità: Agnes non vuole che Albrecht impieghi tutto il suo tempo a dipingere dimenticandosi della famiglia. Lui infatti non c'è mai, è sempre in viaggio e gli scrive delle lunghe lettere.

Qui non ci sono solo pittori, ma anche scrittori, attori, registi, scienziati, musicisti. Di recente è venuto ad abitare da noi un certo Steve Jobs, un personaggio affascinante che dicono sia stato un visionario e che abbia detto che: "i folli, gli anticonformisti, i ribelli, i piantagrane, i pioli rotondi nei buchi quadrati, tutti coloro che vedono le cose in modo diverso, non amano le regole, solo coloro che sono abbastanza folli da pensare di poter cambiare il mondo e lo cambiano davvero". Mi ha incuriosito perché anche lui come me ama le mele!

Starai pensando che qui è un paradiso. Normalmente è così, anche se da queste parti, come peraltro da voi, abbiamo i nostri problemi. Ci sono artisti che sono in rivalità perenne come Bernini e Borromini, Manet e Degas, Matisse e Picasso, altri più eccentrici come Caravaggio, Salvador Dalì, Frida Kahlo, Ligabue, Vincent van Gogh e poi le vette più alte, Leonardo da Vinci, "il Divino" Michelangelo e Raffaello Sanzio.

Ho saputo della pubblicazione del tuo libro grazie a Jorge Borges e a seguito di una stranissima serie di coincidenze. Una storia che ti interesserà molto, ne sono sicuro, soprattutto per i suoi protagonisti. Come forse saprai, Jorge ama leggere tutti i libri, soprattutto quelli fantastici. D'altronde da quando ha scritto il racconto *Tlön, Uqbar, Orbis Tertius* non fa che occuparsi, insieme al suo amico Adolfo Bioy Casares, della Biblioteca Immaginaria e della sua Enciclopedia Britannica. Eravamo proprio qui, in biblioteca, e mi stava mostrando un codice illustrato davvero sorprendente, il *Manoscritto di Voynich*. Un codice suddiviso in diversi capitoli ognuno dedicato a un tema: botanica, astrologia, farmacologia… un'opera scritta in una lingua ideografica il cui contenuto è materia di ampio dibattito. Jorge si sta entusiasmando molto e ne parla sempre con i suoi amici.

Devi sapere che questo codice fu acquistato dal mercante polacco Wilfrid Voynich in Italia. Era custodito nella biblioteca del collegio gesuita di Villa Mondragone a Frascati, vicino Roma. I padri gesuiti, per ragioni di ristrettezze economiche, decisero di vendere una parte della collezione per raccogliere più fondi possibile per i restauri della villa.

Questo libro, insieme ad altri, apparteneva un fondo prezioso che fu disperso con la vendita e Jorge sta indagando per rintracciare anche gli altri titoli. Il mercante Voynich nei suoi scritti racconta che all'interno del libro fu rinvenuta una missiva scritta dal medico personale di Re Rodolfo II, noto studioso di alchimia, al quale era destinata. Nella lettera si riferisce che questo libro era stato spedito a Roma, al grande Athanasius Kircher, proprio nel tentativo di far decifrare l'enigmatico testo. Il grande gesuita infatti, oltre a essere noto per aver fondato con la sua personale collezione una "Wunderkammer" presso il Collegio Romano, era un anche un grande studioso di lingue e di codici antichi.

Tra gli amici di Jorge c'è anche Italo Calvino che ha scritto una recensione su un autore italiano, un certo Luigi Serafini, il quale in passato realizzò un libro con illustrazioni molto originali, il *Codex Seraphinianus*, corredate da testi ideografici che ricordano quelli del Codice Voynich. Jorge mi parlava di tutte queste cose, e a un certo momento si è ricordato anche di un altro libro scritto in Italia che lo aveva molto incuriosito... Nel mostrarmi la copertina, mi diceva che la trama di questo testo si sviluppava seguendo un interessante percorso narrativo tra arte, mistero e realtà. Ho letto prima il titolo, *L'enigma dell'ermellino*, e poi il tuo nome. Come per magia mi è riaffiorato alla memoria il segnanome molto originale che avevi sul tuo zaino: un sasso levigato che avrebbe potuto benissimo appartenere alla collezione delle pietre preziose e magiche della Wunderkammer di Athanasius Kircher. Mentre sfogliavo il tuo romanzo è successa un'altra cosa molto strana: al centro del libro ho scoperto un foglio piegato con alcuni brevi appunti di un lettore, a me sconosciuto, che ti allego a questa lettera pensando di farti piacere.

Carissimo Fernando,

ho trovato in questa biblioteca un libro curioso, *L'enigma dell'ermellino*, e dopo averlo letto mi è tornata in mente una frase del tuo libro: "La vita è un viaggio sperimentale fatto involontariamente. È un viaggio dello spirito attraverso la materia, e poiché è lo spirito che viaggia, è in esso che noi viviamo. Ci sono perciò anime contemplative che hanno vissuto più intensamente, più largamente, più tumultuosamente di altre che hanno vissuto la vita esterna. Conta il risultato. Ciò che abbiamo sentito è ciò che abbiamo vissuto. Si ritorna stanchi da un sogno come da un lavoro reale. Non si è mai vissuto tanto come quando si è pensato molto." Devi sapere che questo romanzo, interamente ambientato nel mondo dei quadri, è un vero e proprio omaggio all'arte, un atto di amore e di fiducia nelle sue capacità di parlare al cuore e all'animo umano. Non è una caso che questo libro sia pensato e si rivolga a un pubblico giovane, il futuro dell'umanità: è come un'esortazione ad aprirsi al mondo e a se stessi. Una notazione speciale merita la scelta del titolo: *L'enigma dell'ermellino*. Da solo esprime tutto lo spirito d'avventura che caratterizza questo racconto. Questo animale per sua natura cambia il colore del suo manto a seconda della stagione, passando da un colore fulvo in estate al bianco puro in inverno, a eccezione della punta della coda che è nera. Nelle leggende medievali si diceva che questo animale preferiva farsi prendere e uccidere dai nemici che sporcarsi il candido manto nelle acque sporche e fangose. Per questa ragione e per la sua natura mutevole era considerato non solo il simbolo di avventura, ma del cavaliere coraggioso e intrepido che preferisce affrontare la sventura e i pericoli per difendere la purezza dei suoi ideali. Mi incanta che la storia abbia inizio nel più ozioso degli scenari... è una tranquilla domenica pomeriggio quando la mamma di Andrea, la zia Carla e la piccola cuginetta Gaia decidono di incontrarsi per una visita alla Galleria Nazionale per "vedere quella bellissima mostra sull'arte decorativa greca". Rintanato nella sua isola felice, Andrea è costretto a malincuore a seguire il gruppo in questa gita apparentemente noiosa. Non sa di essere destinato a una stupefacente avventura, insieme a Gaia, il piccolo jack russell di nome Rocky e altre importanti figure di carattere storico, mitologico e artistico come Vincent van Gogh, Edvard Munch, Jacques-Louis David, Medusa, Ulisse, Cecilia Gallerani e il suo ermellino scomparso. Il riferimento alla mostra è un vero e proprio omaggio alla cultura greca e alla sua dimensione mitica. In un certo senso anticipa l'architettura del romanzo nel quale i personaggi, come figure del mito, rappresentano strutture archetipiche del comportamento umano nelle sue manifestazioni psichiche. Leggendo, non ho potuto fare a meno di pensare all'anima e alla bellezza; in particolare alla concezione di un filosofo come Platone, che nel *Fedro* fa della bellezza una manifestazione divina, un dono degli dèi, che si manifesta visivamente: per quanto riguarda la bellezza poi... splendeva tra le realtà lassù come Essere. E noi, venuti quaggiù, l'abbiamo colta con la più chiara delle nostre sensazioni, in quanto risplende in modo luminosissimo. La vista, per noi, è infatti la più acuta delle sensazioni che riceviamo mediante il corpo... Solamente la Bellezza ricevette la sorte di essere ciò che è più manifesto e più degno d'amore. Questo concetto di bellezza rivelata alla vista, che infonde il desiderio e l'amore, è uno dei temi principali che emergono nel racconto. Per analogia, così come l'apatico e annoiato Andrea, anche il cuore dell'uomo spesso è anestetizzato e non reagisce con empatia al mondo che lo circonda, con il rischio di diventare un deserto emotivo. Per questo Platone ci ricorda che la bellezza sensibile del mondo è innanzitutto una sollecitazione del cuore in grado di accendere nell'anima attraverso il desiderio, un percorso di crescita spirituale. La bellezza, come tutti i doni degli dèi, è un bene fragile, che va protetto. E l'autrice ha saputo ricordarcelo, con grazia e dolcezza. O con la giusta forza, come quando uno dei protagonisti più significativi del suo racconto, il Viandante, afferma che: "Sono giunti tempi cupi per noi ritratti, sono tempi in cui la superbia e l'ira non rimangono contenute nelle loro cornici, ma dilagano in tutte le altre, deturpando ciò che abbiamo di più bello e rubando quel che ci è più caro!"

Spero di riuscire a trovarne una copia per spedirtelo.
Con l'affetto di sempre,

Marcello Pezza

Purtroppo, cara amica, nel libro non c'erano altri appunti, ma queste ultime parole hanno ispirato in me molte riflessioni sul nostro dovere e compito di difendere la bellezza, come purtroppo ci ricordano tanti episodi della nostra storia recente.
Ora è tardi e voglio concludere questa mia lettera con delle parole di speranza scritte dal mio amico Egon Schiele quando era detenuto ingiustamente nelle tenebre della prigione di Neulengbach. Queste parole esprimono bene il dramma della condizione umana in assenza della luce e bellezza: "Finalmente! Finalmente un alleviamento della pena! Finalmente carta, matite, colori per disegnare e per scrivere. Sono state atroci queste ore crudeli, confuse, indistinte, informi,

monotonamente grigie che ho dovuto trascorrere privo di tutto....una persona priva di forza interiore sarebbe impazzita...per non diventare veramente pazzo mi sono messo a dipingere con il dito tremante intinto nell'amara saliva, paesaggi e teste nelle pareti della cella utilizzando le macchie dell'intonaco e li ho visti poi asciugarsi lentamente, sbiadire e svanire nella profondità del muro, come cancellati da una mano invisibile dotata di poteri magici".
Ti devo lasciare. Il mio amico Borges mi fa cenno di raggiungerlo. Dobbiamo proseguire la nostra abituale passeggiata quotidiana.

Ci vediamo in giro.
Tuo,

René Magritte

INDICE

Finito di stampare nel mese di Luglio 2020
Tipografia Facciotti srl - Roma

Aderiamo al programma di piantumazione con Treedom.
Certified B Corporations

PEFC
PEFC/18-31-718

Certificato PEFC

Questo prodotto è realizzato con materia prima da foreste gestite in maniera sostenibile e da fonti controllate

www.pefc.it